藏地诗篇

张子选

著

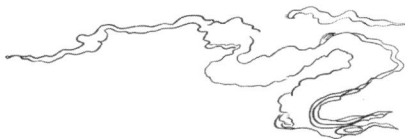

四川文艺出版社

只 为 优 质 阅 读

好
读
————
Goodreads

给云腾出一块天

由它聚散

为马让出一条路

任其走远

前世是牧人，今生是诗人

大冰

诗无人读，诗便死了，或者没活过。

诗人死了，诗才被读，或者开始活。

前半句应是一直的规律，

后半句曾是一度的规则.

都很难过。

——个人观点，不求苟同，我只代表我，一个读诗的。

我一度在想，如果他早点死了该多好。

不是每一个早死的诗人都配得上身后名，不是每一个所谓的诗人都配早死。

配的诗人或许很多，可惜我只知一个张子选。

遗世独立的张子选，入世与出世间的张子选，前世是牧人今生是诗人的张子选，用诗句解封过神性的凡人张子选，本应顺天应命果断早死死于二十世纪八九十年代死成一个不朽传奇的张子选……

二十年来，每一个读完他诗作后的清晨和子夜，我屡屡执于此念。

无有对错只存真假，这个念头对错与否，不辩，我只知这一份盼他早死的心思是真的。

一盼二十年，盼讣告，盼悼言，盼迟来的解读和追捧、迟来的恍然大悟击节拍案扼腕长叹……从我二十岁那年，盼到我四十岁这年。

不只是残忍了，果断是残暴，一个冷血得不是人的所谓读者，假热爱之名动无情之念，盼望在自己有生之年得见一个诗人早点用肉身的湮灭去成全其诗作，令其口口相传为人所知为人所爱，令其魂魄不泯堂皇驻世生生不灭……

说什么时间验证一切，自会成全？

时间无情第一，所谓成全，挂一漏万，迟到是习惯，不到是常态，纵是真金，亦会湮没。

说什么伏藏殊胜无二，天日可见？

人见伏藏，欢喜赞叹，我析伏藏，知其见几而作、不俟终日，哀其蒙灰覆尘、历劫方现。

时间时间时间，还是时间！

他年若无人掘阅怎么办？若就此被忘了怎么办？

越跑越快的世界，越买越快，快不等于坏，拿起和丢却的动作加快，过程却并未省略，没有变好也没有变坏，只是变快，每一年都快过上一年的大部分经验，叠加覆盖。

越来越多的选项积流成川毁堤破坝汤汤而来，铺天盖地漫至眼前。那些打上"过去"烙印的，要么迭代成功浮出水面，要么沉入水底，囿于过去，泯于时间……

或也有古典的岿然吧，岿然成伏藏吗？隐于当下，屈于时间？

却是不岿然，自二十世纪八十年代至今的汉语现代诗，曾经探索汉语言文学可能性的刃口最锋端，本应拥有真正广谱的受众，本可模糊圈层打破次元……今时今日依旧封地自娱而不自知，依旧上探无法、下沉无缘。

时不我待，势亦不待，诗意的存在方式却在不停迭代，依附着各色新平台，平台的涌现日益全息日益多元……诗若写予人看，人需要的到底是诗意，还是诗本身？哪个才是刚需？

就快跟不上了，已在边缘中了，油墨、铅字和纸张，四十年来的诗篇。

已然是老了，才四十年。

仅就下沉二字讲，不论是姿态、心态或是传播途径或平台，自二十世纪八十年代至今的汉语言现代诗未有迭代，有也是被动的、小样本的、小基数的，超然表象背后并无路向可言的那种路径依赖。

四天王天一昼夜，人间五十年。

四十年过去，天上黄昏已至，地上长夜也将来，续命还是重生呢？是就这样吧，还是破圈？

若诗是道，会有使命感吗，可有卫道肝胆？不说他人不需说他人只说一个张子选，曾在飘满老鹰翅膀的天空下和牧人拍过肩的张子选啊，那个大悲心的自了汉。

是成住坏空就这样吧顺其自然，还是破圈？

轮到一个我这样的所谓读者去杞人忡忡了吗？

这样焦灼着的杞忧，或也是一种营苟吧……诗人不在乎，诗人不可能在乎，诗人自有诗人更焦灼的悲悯，那些波罗蜜多无可明说，明说就丑了，就必错，所以有了诗，于是问鱼问水问马问路，于是冷暖自知独品甘辛，于是在不在乎的，无心起念。

可读诗的人在乎，读诗的这个粗鄙俗人不是一般二般地在乎，读诗的人若不在乎，不会如此荒唐地劝进，不会揣着如此复古的念头盼着诗人快死，让那些诗句抓住最后的时机传世或不朽，舍身成全。

可是说句更不是人话的话：

已经死晚了，最好的忌日已然错失，死已不是最好的故事和注释，即便立时三刻当下便死，也是晚了。

怎么办？青海青，天时已过，明晦难辨，年复一年地缩圈，现代诗与广谱世人间的距离愈行愈远，彼此平视，彼此真正桥接和关联的契机越来越少。

契机越少，信息越不对称，针对诗人和现代诗的刻板印象越重，标签一贴，再也难撕，于是漠然——既无甚渠道让我去触碰和了解，既然你的好没办法让我懂，那你就在你那小圈子里好你的，你再高大上再博精深也与我无关，那就敬而远之，那就随手换台，反正抬手可触的选项那么多，那就对你不采不撷，视而不见……乃至不知道你在世上，不在乎你在哪条路上。

难过难过，一想到这其中或也会包括这个名字：张子选。

理应传奇的本应不朽的从没有过的永不会再有的张子选。

……他开始写诗的时候，我出生，我和他最初的诗歌同龄。

那时的他应该猜不到，四十年后的我，会成为他最忠实的读者，把传播他的诗作引为使命。

读是偶然，爱上是必然，说读懂了他是扯淡，可就是觉得好啊，就是爱，一爱就是二十年。

因写过一些故事书，还算畅销，我曾在我的书里夹带私货不止一次将他的诗引用过，曾在五百多场读书会现场向我的读者们做过郑重推荐，我说：请去搜一个名字，张子选。

我说：

对现世存在的超越感——这是诗人与其他人最大的区别之一。

换言之，如若具备了这一点，不论写不写诗，任何人都可以是诗人。

可有趣的是，对现世存在的超越感，这也是诗人张子选和其他诗人之间最大的区别。

初读他时，若读进去了，一定会着迷于他行文措辞排列组合间的超越感，可读着读着你会明白，他压根儿就和超不超越无关。他应该并未动念去将现世存在超越，哪怕在那些貌似是在解封神性的句子之后，他也只是在完成着、进行着他的现世存在。在他的那个世界里，他哪儿还需要什么超越，一切都是他的现世存在。而在这个世界里，他一定和你我一样饮食男女烦恼执着柴米油盐，或苦或难，但安于这坛现世存在，受苦受难。写诗，于他而言，不是找寻，不是逃避或寄托，他应该是打通了两个世界，且平视，通透得罕见。

因为发现了这一点，所以，他的诗，我爱。

也不仅仅是在诗中发现。

诗歌之外，他的一些观点我共鸣颇深，比如他曾说过的：当我们提及西藏时，首先应"去神圣化"。

作为一个同样在藏地生活过若干年的人，这种平视，我深以为然。

结合这种平视，反观其《藏地诗篇》，愈发爱。

爱得不好，瞎爱，总结不出什么学术性的语言也没必要总结，我只知道我爱他诗作里的很多点，比如音韵，这是他独一无二的。我曾一度恍惚，感觉念的是个古人的诗，在音韵上，他应是自觉不自觉地继承了一些古已有之的东西吧，被白话文所漠视所不兼容的一些东西，只在某些方言和古文古诗中才能觅得端倪的东西……我却并不认为这是一种复古。

他的诗甚至可以说是有音律的，甚至音阶。对意象的构建，大部分现代诗依仗的仅仅是文字本身，而他的诗不一样，明显多了声音这一维度，于是更好地服务于感和叹……唇齿口舌间的惬意最直接，如果你肯出声去念，你会明白。

十余年前，我发的第一条微博，便是他的诗。

那种感觉，文字无法形容，希望你也念一念。

如若正在看此文的你会谱曲弹琴，我建议，唱出来。

很多年来，我每遇到一个音乐人都会给予同样的建议。他的诗，岂应只活在书上纸间，其传播方式，其受众人群，理应多元。

生凑什么抒情歌词，苦想什么微博金句，硬挤什么抖音文案，直接翻他的诗集去！金矿就在里面。

…………

拿到张子选先生的这部诗稿后，感慨良多，若干年来对他诗作的搜寻辛苦异常，旧书店就那么一两版，网上也总是找不全，总之，我终于可以和案头的这册已经翻得熟透的手抄本告别。

关于这部书稿的阅后感，我有二十年来的万语千言，我写了，又删了，从一万五千字删到三千五百字，怕不准确的解读会误导会曲解，会影响那些潜在的读者们对他的印象刻板乃至于只是敬而远之供起来……对他诗作真正的解读不应留给任何学者、任何同行诗人、任何精英圈层的任何话语权，只应留给最普普通通的读者，甚至不用专门发出来让人看，批注在书上就好，勾勾画画边边角角，那才是你和他的对话，你管他知不知道呢。

至于我，我想我这个读者在勾画之外，只表达好一个观点就好：

人间再不值得，他的诗，也值得爱。

他是陪伴了我一整场青春的人，我知道他的诗还会一直陪伴下去，在我有生之年。

这么孤单的人间道，谁不希望自己的同类多一点，我知道能和我一样喜爱的人必是我同类，虽素昧平生，无从交际，永不谋面。

今朝我写下这篇文章，不算导读不是序言，唯虔心祈望造因助缘，让今时今日会去读他的人，能再多一点。

已知道他的名字的人，容我妄言。

尚未知晓他名字的人，且听我言：

我和你一样，我哪儿懂什么诗，我怎配为他的诗背书，怎配为其导语序言，可是，如若连我这样一个吊儿郎当不入流的为人所不屑的说书人都对他的诗作顶礼膜拜，且一爱二十年，那么，那些诗，是否也有可能，值得你去爱一爱。

很有可能，你我爱的，会是这个国度最后一个无论如何去热爱都值得的诗人。

虽然他到现在都还没死。

趁着他到现在都还没死。

目录

辑一

知道你在牧羊
不知你在哪座山上

知道你在世上
不知你在哪条路上

怎么办

（又题《牧羊姑娘》）

怎么办？青海青，人间有我用坏的时光
怎么办？黄河黄，天下有你乱放的歌唱

怎么办？日月山上夜菩萨默默端庄
怎么办？你把我的轮回摆的不是地方

怎么办？知道你在牧羊，不知你在哪座山上
怎么办？知道你在世上，不知你在哪条路上

怎么办？三江源头好日子白白流淌
怎么办？我与你何时重遇在人世上

2005.3.22 于北京

在世间

给云腾出一块天，由它聚散
为马让出一条路，任其走远

月朗星稀夜，单人独骑
行李虽重，然道路清晰

偶尔也会手扶一段水声，泅渡自身；或循着一条
转经小道，仰承日光移来白塔的影子，为我摩顶

这个世界啊，我因何在此
有些高度，人只能仰视

念天地之悠悠，青草曾无声地拂过狮子们的脸
一万年何其修远，常又像是刚刚逝去的昨天

我带来了自己，不只是为着确认，偶尔有风
似乎比传说中的永恒，更宜于慰藉平生

是的，我愿替天下苍生，于佛前捧心长跪；也可以
数念完日出复又望向日暮，为世间一人，立尽寒暑
晨昏

仿佛一个人只适合于自己的宁静中，练习击鼓
有些时光，在世上，我只想与内心，无悲无喜地
共度

遥忆藏北，曾于长花短草、暖阳微风中如常小憩。事实上

　　那也是我，目送正在游历今生今世的某个自己，渐渐远去

　　何故心慌手乱，如是者三
　　谁与交换想念，神似祖先

　　倘若将来某日，你也会因某种际遇偶然至此
　　陌生人，请帮忙照顾好这个世界，和你自己

2010.7.7 夜，改定

今夜

今夜可可西里
羚羊挂角，无迹可寻

今夜江河之源
只亮我的酥油灯
只照我的心上人

今夜雪域高原
佛归佛位，秋与云平

今夜人间
我只要我的风吹我的人
我只要你幸福

今夜轮回中，我感到安慰
羊里高卧我的羊
人中不缺我的人

今夜的你啊
是否正腾出自己的内心
用来安顿我的一生

而今夜的北京
当我在最后一班城铁里
想念完藏区和你

刚好看见一颗坠星
使天空更空

2006.10.11 晨，于北京

偶尔

一向是草木光阴
偶尔会羊朝北去，而马首向南
就如云在青天，水在湖面
也是偶尔，我会骤然记起你来

这世上，其实该来的人都来了就好
你能来当然更好
只是，大家都在佛也在
而你没来

偶尔，我会坐在事情的侧面
看旧山坡上，滚下新的时间
直到草们随着季节倒伏，斜出正午
我还是没弄明白，似乎活着
一直是件大事，如果仔细想想
为何又没那么了不起

有时候，事物会有一个
可能不合我意的尺寸
其实爱情和命运也是
即便心里的你，好过整个人类
纸的背面，摸上去
还像十一月的结尾

偶尔，一场雨夹风带雪地过去
另一个我，无悲无喜地走来
天空下完全像是没计划地游牧
很原生态地走掉一个下午
仿佛一双牛角或者一阵马嘶
就能把日子扯得又老又长

地球还是圆的，我对此
感到比较满意和放心
有时，地平线上甚至会
空余下千人搬不动的一个静
倘若此际，你从轮回中回过头来
会看见，我在，其实我一直都在
但你始终没有回头

2009.10.29 于北京

随喜

因为活着所以坐着，并不意味着
每天抬眼所见，都该是晴好天气

有时我远观近视，发现自己
仍乐见诸般事物中，疑似皆有你的影子

如静流捧花、幼兽眠草
你的脚在鞋中何其美好

亦如菩萨，久久凝神于
一个人一无所求的祈祷

我当随喜于这世界有时虽被乱扔一地
大抵始终珍贵似你，在我双手合十之际

况且此间，一马东向、二羊西去
是谁一直忘了回头，好好看你

就如以后世之目光
静静疼惜着今生的自己

2011.9.23 改定于深圳

见字如面

见字如面
如一个人合起整个世界，束之高阁
又通过某本经书，摊开大半秋天

水在水之上，风在风之畔
而我，偶尔躲在门后，通常是在户外
有时，也会在灵魂深处独自过夜

有些日子是过过来的
另一些，则是熬过来的
风与心皆凉，羊与夜俱伤

彼时，我知道自己只要等得
足够耐久，就会有天意和马帮到来
但我没等那么久，而你也未必来

偶有出自那曲西郊天葬台的
鹰飞，盘桓于无我之境
又像是栖落于生死之外

见字如面：倘若世间有事，又不知
究竟何事，因慌生畏，由畏转哀，请记得
即便大家陆续起身离去，我也会尽量都在

而眼下，这还是一个，主要是由
弯向午夜的牦牛犄角，以及露出
安多民谣的两块晒斑，构成的秋天

正当哑月如井井更深，时日压草草愈矮
月色，通常是才下山坡，偏又佐酒上头
偶有一匹白马，自草原，出离人间

2009.11.4 于北京

有风掠过双肩

脚趾触到
知情太多的夜晚
腹部、庄稼和语言不能实现
妹妹们的心事因为始终向南
而茫然
有风掠过双肩

有风掠过双肩
感觉并不沉重
待在半粒谷壳中爱我的人
为看我一眼而动用秋天
秋天，伸开五指弹落花瓣
平明时分的马匹
被三滴露水缓缓说出

有风掠过双肩

作为刚刚搬运完雨水、尘埃
和一场暴病的人
我必须在意自己善待世界的方式
看待季节和青草的方式
怀抱生而为人的好脾气
倘若我还渴望流泪
我就认认真真想一回

有风在秋天掠过双肩

谁曾经是我的十分钟
或者整整三天
一朵云彩在黑雌猫的有生之年
飘得格外危险
我就想这样，暂时离开自己一会儿
与内心真实的感受小坐片刻
脸微微侧向从前
为你也为秋天
保持同一种姿势

有风掠过双肩

现在，他们可以把手
从我以往的一部分生活上
移开了。最后一次
我将要求自己重新看见
我繁华散尽，内心平安
停在时间和你面前
听凭乱花迷眼，遍地残红
一次次红向我苍白的指尖
有如半边马脸伸入秋天
出现在整个白昼和自己的外面

现在有风掠过双肩。你挺好看

天空和情人汇聚、消散
并且朝着难以料想的方面

1989.9.5

梨花漫天

梨花漫天。有很多事很多种滋味
都可以极浅极淡
但大地和你必须相反
像两口水井相互照看
生和死各取其半
看一具熄灭了的马骨内部
美丽梨花再度浮现

而大路朝南
一种必须答谢自身的体验
朝向路边，带来
天和地，筷子和碗
对大地的感念
永远像活着一样真实

梨花漫天，这不说明
鸟儿们并不好看
它们是另一类花朵
被我静静注视
厚厚的阳光，埋掉
鸟儿们纤小的脚爪
大路朝南，并不表明
能使你坐下来梳头的事情
只有七件；目光坠地
只可能碎成七瓣

现在漫天梨花，走来
梨花这四季的指甲

把鸟喙和尘埃所守护的秘密
带进我的呼吸里来吧
大地和水敞开着
我在人间终将会被梨花开败的事实
任你俯拾

1989.9.6

与时光的方向一致

与时光的方向一致，我不会再度降临
我的马儿，按我旧有的心情
向下行走。像音乐中的一个洞
像深藏于洞中的全部金属
从一滴水中看到欢乐的源头
一些朴实的耳朵沿途开放
安息的人都在里面居住

一条大水背后，我听见火焰与植物
我跟随它们，赤裸灵魂和肉体
我的马儿，那些异种的兄弟
在奔跑中模拟了一颗大星的飞逝
马儿于奔跑中也同时模仿了
我细流般的手指和贫瘠的面容

与时光的方向一致，背对自己
我怀念所有生长中枯朽的树枝
行走的马儿，梦中的话语沾湿眼睛
在天空深处，在远离人类的路上
我沉默无言，脱下袜子
以回避全部真理的致命一击

我似乎记得，在我生前的一棵艾草里
所谓四季不过是半截流水的影子
我的马儿于一滴水中长跪不起

水中的石头、少女和爱情依稀仿佛
亲人们，我在猜测你们平稳的身世

与时光的方向一致，我放弃自己
让马儿停满我的手掌和内心
作为马背上的歌手，我已被秋天打落民间
我随身带来的一生已然用尽
我把自己和全部落日放在一处

1992.5.23

沐浴节之夜

天空中，吉祥的七星升起来
——泥菩萨能来也来了

树林里，全年的晦气都脱掉
——一袭旧藏袍

篝火旁，谁家阿哥二十好几了还害臊
——光身子带刀

河面上，三首情歌挠了妹妹的腰
——咯咯地笑

水底下，乳房特意为爱情吹出的一串气泡泡
——鱼背上坐着

2001.6.13

奉送

地球翻身
时日仆倒

鹞子翻身
黄昏占道

月牙翻身
好风惜草

小羊翻身
花香盖脚

妹妹翻身
爱情硌腰

刀子翻身
拂落心跳

大地和我的心跳
白给——谁要

2008.8.20 改旧作

这一生

这一生等过一个朋友
这朋友我没见过面
这朋友死了不少年了不少年之后
想要不再等下去
已不能够
这一生骑在马上四处走了走
经过一个地方和另一个地方
最终还是回到了赛什腾山的
一块块石头上
这一生就醉过一次
又漂亮又听话又伟大过一次
那一次爱我的女人已不再年轻
这一生马们都那么难以驯服
后来又都一匹匹地被骑垮了
这一生只从马背上摔下来过一次
爬起来想了半天又想了想
牙齿一颗颗掉光了还接着想

1986.3.6

在远方

泉水跑下山，喇嘛洗脸
人投一石垒筑起一个秋天
鹰飞上下而青稞黄熟

在远方——

在风吹经幡的地方
民歌漫过哑女人的脊背
狗声安卧于静静的村庄

在远方——

秋天被长于建造的矮木匠
重新抬回世上，仍旧是一根
众人于去年送去寺院的日房梁
而大美若羊，端坐其上
独自回忆人神比邻，事理相安的日子

在远方——

抱病而出的马儿抬头看见
正衰的牧草扶住三座羊圈
草上一对泥菩萨
手拖手，走过藏北门前

在远方——

马灯照出谁家的热血儿郎
在提着嗓子到处乱唱
"日吉时良，天地开张
新人已到，车马还乡"

1988.8.16

问询

大静似鹰，御风飞翔

一念地狱，一念天堂

群羊涉世，举止端庄

妇人入秋，满怀草香

时日如马，驰越高冈

我心易感，轻拿轻放

安多姑娘，满月面庞

扶住轮回，问君何往

2004.4.22 于北京

此次黄昏

三块玛尼石，支起山南
一个阔大无边的黄昏

过了河还往北走
这一次，驮队和落日
还得去多远和多久才会停

远方，温泉中裸浴的少女
忽然想到了爱情
她神色怔忡，两颊泛红

而满山草色，正绿得大慈大悲呢
也总有些什么，似乎正在迫近永恒
这一次，谁正腾出掌灯前最可珍视的
一段安宁，供我心疼

一些注定的事情，曾经浮晃不定
可每到傍晚，便会在人间
悄悄安顿下来

就像此前有匹白马，伣长了脖子
试图把头探入寺院围拢住的一夕念诵
而日暮正在赶来
这一次，或许它就会纵深到我们的此生

2010.8.15 晚间，于北京

独自骑行

骑马游走于坦阔无碍，且草色
正青黄相继的藏北

这里，道路远未熟悉车辙，土质尚不习惯农耕
水也不知可被瓶装饮用，火种仍收藏于火镰之中

而牦牛驮队刚刚继续北去

将自己完全袒露于自然的注视中
风通过我，像是苍茫大地正急剧地在世间奔行

而我人在马上，始终像是要赶赴一个地方
但，那又会是哪里呢

天空明亮，景色深远
一小片湖泊对岸，芦苇起伏不已

我正肉身平静，不由自主似的
迎风驭马走向某时某地

携着秘密
屏着呼吸

2010.8 于北京

边哭边唱

我唱歌的时候正在刮风
我唱歌的时候你在生病
你好看的耳朵就竖在病中
而歌声一滴不剩
碰碰羊儿的前额
又湿了它们的嘴唇
我是在马厩里边唱边哭
除了你，我不想感动别人

我唱歌的时候门关着
我唱歌的时候歌声很疼
除非是你，我内心的疼痛
不能针对第二人
遥远的路途经过这里
我的歌中有草原火堆旁
牧人们焚月煮酒的声音

亲人们赶着羊群来到山冈
远远望见我在为你歌唱
沾满泪水的歌声掉在哪里
其实都一样
如同铸琴的金属在雨水中闪闪发光
而边唱边哭的我呀
就像午后的一根木头
就像木头笨重的伤口散着香气

我怎么那么悲伤
把一条孬嗓子，终日拿在手上

1992.4.10

在春天的事实上

一树红向枝头的桃花动用了鸟鸣
我却不能轻而易举地啼啭两声
暗想佳人的腰肢已薄作空中的轻云
摊开两腮铅粉　像鸟儿回到旧时家中

一帘杏雨飘到纸上　仿佛幸福正在逼近
三十来岁的婚姻难免会有瓷质的脆弱与持重
既然天上的音乐并非手指所动
就算东风识旧　伤心倒也深入了我一寸
总之一个灯芯绒的下午有女濯发净身
柏舟中的三个儿子倒也生得十分白净

我似乎已经过去　不会再度降临
我的马儿　那些异种的兄弟
于飞奔中模拟了我苍茫的面容
黄昏的幕后　我怀念那些生长中的石头
将一盏纸糊的歪灯点入水中
少女和爱情依稀仿佛　魅人的月光来自长林

如今　悲愤的人可以随我而来
回忆一点生铁的语言和水下的声音
我还记得在生前的一棵芒草中
春不过是半截逝水上的花影
那些一生仰望星空的人　均已碎为满耳箫声
抚摸着一些熟悉的身影　过去的身影

我常常独自一人坐至天明

苦难似乎已经深了
好在爱人尚在怀中
我未能哭出的泪水只有你能认清

1993.4.17

合适

目光扯疼的十二个远方，不坏不好
嗓子唱哑的十一首民谣，不低不高
藏北遮住的十面草坡，不疏不密
岁月跑出的九只羊羔，不哭不闹

高于日子的八次鹰飞，不疾不徐
低过信仰的七种烦恼，不迟不早
依山面水的六座佛塔，不偏不倚
忙坏喇嘛的五重福报，不大不小

豹子扑倒的四个黄昏，不厚不薄
泥土抟塑的三身菩萨，不急不躁
掏心掏肺的两个冤家，不前不后
有你有我的一世人间，不多不少

2009.11.24 于北京

在宿营地，与骑手们聊天

坐进宿营地周围的一个夜晚
我们已地偏人远
远过三块埋入秋天的青石表面
以及我们经久不衰的脸

篝火的闪光砸向黑暗
骑手们的心事被映红一片
夜寒，风寒，三匹系在石头上的马寒
一次次寒向我苍白的指尖
也几乎就要寒到我们晚餐之后的
一夕长谈

马和它们的长鬃
渐渐飘进睡眠

在西部，宿营地周围的夜晚
都十分边远
我们始终被夜色和要去的地方
深深遮掩

1987.12.4

辑
二

你承诺过的月亮
还是没有出现

我只是衣单天寒地
替你多爱了一夜人间

在人间

1

春好酷似小蛮腰

鲜花的腰，青草的腰
甚至于一脉粼粼逝水之腰
其实，也都疑似你的腰

你的腰通常也是大自然之腰

世间有你
不枉我来此一遭

2

时日低矮而天下羊白

藏北之南，无你何欢

及至盛夏，某个
恍若失而复得的午后
独自垂对一段佛学的彼岸
冷暖参半且喜忧相间

隐约听闻，有谁哭我

爱人，是你吗

3

这世界，至少有朵云
很专注地为你白过一回
这秋天，至少有辆车
钴蓝色地为你停过一次

甚至有个人，特别是为了你
痛彻且枉然地枯坐过一阵子

你想象不出
我心里到底有多大一块石头
为此落地了

4

一南一北两匹马
它们平分了今年冬天，甚至
它们也平分了无雪可落的今晚

你承诺过的月亮
还是没有出现

而我无眠，或者
我只是衣单天寒地
替你多爱了一夜人间

2008.7.24 上午，于北京

西北偏西

西北偏西
一个我去过的地方
没有高粱没有高粱也没有高粱
羊群啃食石头上的阳光
我和一个牧羊人互相拍了拍肩膀
又拍了拍肩膀
走了很远这才发现自己
还不曾转过头去回望
心里一阵迷惘
天空中飘满了老鹰们的翅膀
提起西北偏西
我时常满面泪光

1986.6.26 于阿克塞

面对花开

被我注视良久的
那朵花，开了

花开如谁或什么，落英缤纷地去了很久
又踮着双脚，静悄悄地孑然归来

有时，我看自己，恍似别人，于另一番命运中
在等另外的花开，怀着一种美丽到随时准备弃置的
内心

花开亦如爱人，破颜微笑的过程
因入眼而入心，由动心而动容

一枝两枝、三朵四朵、五瓣六瓣
一年一季的花开啊，竟熟悉得有些陌生

况且，偶有暗香不期而至
如冷兵器时代，直奔命门而来的凌厉暗器

按说，花高一寸则风矮半截；而半亩棉田中
却也不乏新生的蕾铃，扯紧风声，护住自己青涩的
初衷

花之上，有鹰借晴天朗日晒自己静静的飞翔
花之下，有马将自己隔世的骨殖，驮入深度酣眠的
今生

有人说，花开似禅
看得，说不得

而我，好像见过一尊彩塑菩萨
面对花开，半蹲下来

2010.4.10 于北京

在我走遍自己之前

整整一天阳光比脸还要灿烂
在我幸福地走遍自己之前
我多么爱自己这份人类的田园
在我看见一只鸟儿之前，我已感到
自己的五指枝叶纷繁
许多鸟儿的嘴唇逐渐纷繁
整整一天我在门前，感觉
各地的朋友都格外温暖
整整一天，这阳光比我远方的爱人
每日步行十米而后站在路边，为我
每天都站很长时间还要灿烂。在我
幸福地走遍自己之前

1987.10.18 于阿克塞

情歌

当风起时，我看见风中飘过
许多过去年代的马
一个男人爱上一个女人之后
就会有风吹来
揉乱他平静的头发
并且提醒我眼前的一切，不过是
一颗大星照耀下的万顷黄沙
深夜切记点灯
黎明莫忘喂马

早晨的牧歌和黄昏的牧歌
是两朵伤感的花
开在皮肤下
一个男人爱上一个女人之后
就会在出门的时候，蹚水过河的时候
突然停下，想起她
像沙漠里的石头想月亮
孤独不可言说的人摸黑想家
就会看见一匹匹沾满露水的马
处女的马，以及过去年代的马
自风中飘过

沉静的草原不会向我开口说话
遥远的路途经过这里
它依然不会开口说话

一个男人爱一个女人
一块石头埋入月亮的想法
这双眼睛那张脸
这只手握着那把木梳
羊儿睡在雪地上，雪晒白了
羊儿小小的面颊

现在平静的天气让我找到窗户
让我看见水盛在阳光里
而我木栅前的美丽爱人
在用自己的幸福梳头
而我不动
而风中飘过过去年代的马
我的热爱是万念俱灰
我的热爱仅一步之差

1992

被月色和劈柴充满的夜晚

坐在劈柴上
像坐在茂密的树上
我的鸟喙尖长　咽下身边有你的时光
由于斧子的存在
成捆的日子倒在地上
我就坐在相继死去的季节上

半尺厚的黄土上　半尺厚的月光
有人蹚开月光手执麦芒而来
她将看见我宁静而漫长
像唯一一只装过宝石的木箱

我像唯一的木箱被埋入这个晚上
月光的碎瓷溢出胸口
而后摸到我的手，像攥住唯一一块
摆向午夜的石头

仿佛半截黑傻的注视竖在地上
爱你的想法使我重新坐下
背弯向自己的内心
我垛满劈柴的脑袋里　挂满了
洁白而潮湿的火光
爱你的光　和始终缩着肩膀
诚实地坐在一把斧头上的反光

但至少那时　我还并不了解
什么样的泪水可以被一把斧子
咬住不放。那时
我一生的月光多半还在路上
这便是为什么我总喜欢
坐在成堆的夜色上使劲冥想
这样的冥想往往结实而明亮

1989.9.9

祭

深夜祭出一把刀
山高月小

羊儿祭出一段腰
好风怜草

脑袋祭出一块包
命黑灯照

至于人间有没有如期祭出一个你
给我遇到，问谁谁不知

也许，是怕你搁在世上磕着碰着
神就只让我把你放在心上，哑默地疼着

2010.3.6 改自旧作

一年十二个月的马

一月二月，我遇见
草原上伫立已久的马
嗑开湖畔银子的月光
准备饮水食盐的马
以及操琴的手上
被落雪再度击中锁骨的马
三月负重而行的马，远去的马
我终日徘徊，手拿帽子
唯一碰见的马
甚至隔着四月五月，彼此相爱的马
在运送季节的途中相遇
碰碰鼻子和前额
并且嘴唇开花的马
以及驮来布匹和茶叶
在六月槐树下，稍立片刻的马
七月八月
引领少女们手提落花的灯盏
寻找婴儿和果实的马
卧在山腰上，又陆续转过头来的马
甚至一次次走遍自己的马
还有九月十月
丰收后的大火堆
反复映照过的马
一捆干草上跳舞，臀部温暖的马
并且秋天到来，一切难忘的马

甚至十一月份，痛苦一刀砍下
尾巴和日子齐齐变短了的马
漆黑的门板一样
漂泊到长夜尽头
苦苦支撑东方和黎明的马
站在四个方向，迎风流泪的马
以及十二月底，皮毛仅存的马
最后的马，民间的马
也是盲艺人和格萨尔王的马
好像一部失传已久的歌集
现在一起来到我家对面
寺院的墙下

而我呀，我是一年十二个月的马
终身秘而不宣的一肚子苦水
或者阳光里，一个兴高采烈的笨喇嘛

1997.2.11

疑似强冷空气午后将至

轻寒疑似羊绒加身，而雪落无声
远道送来这洁白、干净且暄软的一日

以经幡偃息的郎木寺为背景，白马自白
黑马更黑，疑似昼夜并置而雪落其上

雪落疑似有豹子在世界尽头
张望时间深处；而地球另一端

有人则从成堆的伤心事里扯出一件
旧衬衫来，并将其尽量摊平

雪也疑似落在了一些不争的事实上，其中包括
我在人间找你的过程，茫茫然如同一猛子扑空

这也疑似于我和如此洁白、空静的一日
既出自一场大雪，还将回到更多的雪中

2008.12.3 于北京

遗憾

江孜两座寺院
铃鼓齐全
半黑半白三群羊
闯入秋天

头顶有朵雨做的云
不打雷来光打闪
难活不过人想人
情歌起身，迎住一座空羊圈

世上的妹妹哟
十九根发辫
路过山南的吆马汉
怀里揣了只木碗

油菜花白白地开了一垧坎
你说遗憾不遗憾
远离阿姐的婚姻
我的头发有些纷乱

玛尼堆前的经幡
飘花了我的一双泪眼
回头却是看见：草坡上
两匹相亲相爱的马儿歇卧人间

2001.6.8

一日将尽

念青唐古拉山南麓，先是平缓地
摊开午后，继而又陡峭地斜入黄昏

其实呢，夏正深而草尚浅
而暮色，竟也渐渐地没过了马蹄

骑马牧羊的一日将尽
诵经礼佛的一日将尽

在你我曾经十指相扣
路过此生的纳木湖北岸

如今则闲置着一些，后来啊
只当是世上基本没你的傍晚

我的天空除了为你晴着
之后呢，就是黑

并非所有问题都有相应的答案。唯愿今夜
当雄喇嘛庙里的一百零八盏佛灯

至少能有一盏，专门是为
众生里的你一人点燃

而眼下啊，我在人间藏北的

寻常一日，也将尽

2008.11.25 于北京

山顶上的石头

石头们住在高山顶上
阳光冲刷过它们
在深深的峡谷里喧响
石头上什么都没有
一切都有可能发生在石头上
累了的牧羊人盯着远方含泪歌唱
那些走过这些石头的人
最后又都回到了这些石头上
呆望老鹰们的翅膀

1986

游牧

就这样孤单着正好，羊儿
我要你做我游牧心情的证人
碰碰鼻子和嘴，羊儿
我要你浅尝芒草对正午的苦短依偎

就如此这般地蜿蜒着河水
羊儿，我要你青草上去了又回
一直走到洁白，再慢慢步入漆黑
小小脸上，沾上一点点吻及惆怅的泪水

就这样柔和就这样伤悲，羊儿
瘦长的风在沿途织出苏噜花和芦苇
泥泞的一日里
留有你无力收回的双腿

就这样站立着正好，羊儿
轻风的惋叹可以做你小小的无悔

1992.4.10 于兰州

藏区天葬日印象

天葬日的山庄一声不响
寂静中听得见飘荡在天空中的云彩
以及老鹰们的翅膀
双目失明的诺布老爹
整日沿着山脉的走向
歌唱天葬台附近的白石头山冈
三个佩短刀的汉子站在酒店门旁
戴松石耳环的年轻女子背水而过
他们的脸上照样空空茫茫
牧羊人的头上漫过一片夕光
像玛尼堆前的古老经幡一样飘进晚上
而整个晚上，闭关修行的住持喇嘛听见
一场大雪似的月光
怎样一点点地爬满寺院屋顶
然后就堆放在每个人的头上
并且越来越重

1986.7

暂时之永恒

暂时的风吹着暂时的天空
暂时的人间走着暂时的我们

此间，暂时的草色一路委顿，似乎
再也举不高一只鹰，不动声色的静静飞行

刚刚过去的两部越野车，和三位转山转水的
朝圣者，也只是暂时地路过了我们

此间，身着绛红色僧衣的甘丹寺法台
暂时踱出了户外，正在坐等天冷

是该好好想想：如何才能把某些关键性经文
经由一个普世的秋天，诵入个别铭心刻骨的深冬

其实，一只暂时的羊，无论在这个世界上
怎样兜兜转转，总还是要卧回自己的内心

就如一辈子的你，曾令我爱至泪倾命痛
此间，偏听到有人唱起全部生涯之一种

——前世叫一声冤家
　　今生添一道伤疤

总该有一尾化石鱼吧，无意间闯入过暂时之永恒
最终又被归置于自然博物馆不算稀缺的众多藏品
之中

这是 2011 年，青藏高原乃至整个北半球的秋天
眼下，它正通过悲欣交集的我们，沾亲带故般降临

2011.10.1 于深圳

与传说中的豹子有关

我把一部《西藏生死书》轻轻合上
让消失多年的豹子，静静地
重新潜入夏天

赶在大地上的人神花草
都还未被放乱之前
驻足于此生，好好看看眼前这个
由于相信你在，我不能不
认真来一回的人间
如果记起或者开始担心些什么
请原谅我可能再度落泪

有嘴巴可以喊你、有耳朵能够听你真好
就如同有手脚和身体用来爱你，更好
活着，仅有一次，实在太少
若只是用来从众生脸上
辨认出菩萨和你的眉眼，应已足够

那匹传说中的豹子，实则已在我内心
蛰伏多年，现已起身，悄悄潜回夏天

而远在山南，那出自葬仪
复又铺向更高处的鹰飞，则意味着
有风吹来，风其实正在吹来
仿佛是你携带着一万亩青稞的香气

来到我身边，这感觉多少有点不真实
但也弥足珍贵

2008.5.5 于北京

一夜静观

晚安。你睡，我不睡
我将静观
以动观静
以肉身观想内心

要身心合一
要非常冷静
要由北京东五环外，神游至藏北以远
那里同样正逢夏天，然则十分短暂
白昼，草们绿得殷勤
夜晚，羊儿白得谦逊

晚安。你睡，我不睡
我将醒着
试试能否代替整个人类
观想一下自身

此前的一夕风雨渐弱
个别风雨，曾于人间
遇见华北平原上，正有半亩荷花隔世打坐
其后照命之灯渐亮
灯光将认出针尖上的佛陀
于无始无终里，保有着一尊彩塑的静穆

再后来夜就深了，天也晴了
仿似整个世界抑或部分时光
正将我慢慢腾出体外
只不过，为使窗外那一小段湿哑的蝉鸣
不至于自树杈上掉下，跌至破碎
是谁在我心里
先已铺垫好了，一层薄软的月色

晚安。你睡，我不睡
我就想于静默中，以我观我
想想有我、无我、忘我
哪个最该是我

只是，亲爱的，无论何时
你若醒来找我
请相信，我是一直都会在的

2010.8.2 晨，于北京

这几日

这几日，北半球大部
都在陆续赶赴秋天

这么多年过去，我似乎依旧乐见喜闻
一切壮阔且隐秘的事物

为此，我不得不重新归置窗台上的书刊杂物
以利每次不用起身凝立，便能直接望向户外
地平线上那无限深远的一点

像是总有谁和什么，正从那边奇异地过来

此前，有个挺神的电话，不容置疑地告诉我说
佛祖在线，请按一号健

而远在藏北，距离初雪不到二十公里的地方
无边岁月，正准备偎紧两只半大的棕熊倒头冬眠

其实，远在更为遥远的南美洲中南部丛林里
纳库克人世代相传的秘咒、信仰和全部文学
仅为一句话："可是，我们是多么渺小啊"

这几日，北半球大部，似乎都已莅临秋天
也请转告我风湿病严重的母亲，尽量抓紧一点儿

2010.8.12 夜，于北京

骑马进入冬天

骑马进入冬天，进入
马蹄声冻凝在积雪之上的
一片酷寒。这酷寒与远行有关
这远行注定要历尽
所有的雪天和冬天
而后进入我们面色陡峭的脸
而后消失在天下事的南面
使马的口唇时常歪向一边
啜饮一个冬天粗糙的表面

骑马进入冬天。令人难忘的大雪
并非抬眼可见；通常
只有两三片雪花，也只限于
飘在记忆旁边，离遗忘稍远
寒风总能吹断人的视线
吹薄衣衫，也吹瘦了表情深处
我们攥着拳头
硬挺过来的一些人生片段

骑马进入冬天，雪中的道路
总能把一匹马一个人渐扯渐远
总美丽我们沿冬天曲折绵延
直到一个特定时间
直到我们骑在马上在一瞬间
感到一握往昔
已老遍冬天

1987.11.29

与时间有关

一年到头，鞍前马后
从首至尾，山南水北

第一次，我来早了，那时没你
第二次，我来晚了，你刚离去

浅雪长坡。一切都还未经说破
骨血为马。生死也都不曾抵达

你看，空茫的时间
你听，岁月的声音

神即秩序，其实一盏灯也是
但世上的风啊，吹得有些乱

几匹黄叶满地霜。爱人，是你吗
心似寒秋独自凉。佛啊，你在吗

草深，深于岁月
羊白，白过时间

半日鹰飞半日空
半边山色半边云

花腰美眷，荷月登岸

两条光棍，有些惦念

拜身体为庙堂，供奉一束星光
把内心当经卷，读出一季炎凉

若成为高山，仅于
一石里遇我，足矣

或选择大海，只在
一滴中等我，即可

好汉三对半，站好
钻出奶头山，猫腰

湖面依然脉动如心。短木长冬
大地始终开合如门。雨意云形

没有谁和什么，试着离开或到来
你身上的黄金，泛着隔世的光泽

再往前，山水久远，适于安慰
风停之后，时间似乎随即作废

鹰飞入主九月
牦牛卧满日暮

深水。浮浪
身闲。心忙

所谓相爱，就是我去拜访你身体里的一条鱼
作为回馈，也是你来回访我灵魂中的一匹马

实际相爱的，通常只是鱼和马
而我们，徒有大家惯见的皮相

真是对不起，失陪一下
等我向内心哭完了再来

快乐
快了

况且天寒、地冻、齿冷
何待此心、此行、此生

如鱼抱水，不足悔
似草惜马，并非怕

拜谒万佛寺，佛已多得很像是众生
而我需要重回草原，那里马好花静

请继续生存，在可生存的每一天
且尽量相爱，在能爱的有限时间

锦心绣口，有即没有
晓色初晴，宜约来生

地球上的某个深冬，我们由彼此熟悉
复归陌生，于同一阵迎面袭来的风中

这风一刮，天气还真是有点凉
那马一走，灵魂还多少有些空

八千轮回和三百羊角
似乎已将你藏得很好

怎奈我行思坐想，知你
不在世上，就在我心上

2010.1.3 上午，于北京

辑

三

我曾看到一个时间旅人
从身上拍落两场大雪
由内心携出一篮火焰

独自穿越整个冬天

我的名字叫短暂

愿那自永远来的，复归永远

风往北吹，翻过山，仍是往北
骑马向南，过了河，继续向南

造化的手指伸开，通常有长有短

我曾看到一个时间旅人，从身上拍落两场大雪
由内心携出一篮火焰，独自穿越整个冬天

也知道有人会在一百零八盏佛灯之外，额外点上
属于自己的一盏，只为照一照岁月尽头的深暗

真的，愿那自永远来的，重归永远
而我的名字叫短暂

倘若万念之中尚存一念有望成莲
请原谅，我可能也会哽咽难言

2010.8.19 上午，于北京

比较好的一面

有些木头被抬进秋天用于建造
比它们在伐倒之后很快烂掉好

有些灯亮在命里
比点在夜里好

有些日子云彩会飘过寺院和白塔
比天空总那么无端地空着好

有些时候在草原看见骑手带刀
比发现他们腰间闲着一段寂寞好

有些人遇在世上
比遇在别处好

有些岁月知道众生里有你
比一个人独撑着时间的分量好

有些话搁在心里痛着
比用嘴说出随即被风扔掉好

2006.8.19 于北京

在伤心牧场上

大风刮过
马尸深埋的山冈

两块木头
在操刀的手下
一块成门
另一块做窗

潮湿的夜色
漂来月光的身子和筐
住在自己细腰身里的夫人很美
筐里坐着她来自藏北门前的
小小嫁妆

以及我的命

北面山上造房
东面山上牧羊
中间是大月亮
照在静静草原上

小雨水抱大的女儿叫格桑
风吹草低，驱赶着成群的月光
来到今夜的伤心牧场
一只美丽致命的银手镯

做成狮王的床和睡眠

苦难是我。而你是众羊扑倒又扶起
犹豫再三始终舍不得吃掉的
整个北方

1997.2.10 改定

一半一半

1

一半平川一半冈
一半牛马一半羊

一半天气转暖
一半心事渐凉

一半的岁月越过越高深
一半的日子越活越平常

一半的你怕是已然把我忘
——忘不掉，尽量
一半的我如今还会将你想
——想不好，瞎想

大约一半的你早已步入轮回
——你行色匆匆到底因何为谁
其实一半的我仍还耽搁在世上
——我这是瞎磨蹭个什么劲儿呢

2

一半白天一半夜
一半短暂一半长

一半藏刀归鞘
一半马灯点亮

一半的刀子难免越磨越钝
一半的马灯总会越擦越亮

一半情种老迈，半俗半雅
一半浪子还乡，半嗔半怨

大道无言，一半还于天地
悲喜如常，一半让向人间

3

一半羯鼓缄默
一半法器鸣响

一半经幡凌空高蹈
一半僧俗双手合十

一半佛在心中
一半经在庙堂

一半的我转山转水
一半的你南来北往

倘有一半的颈项仰天长啸
便有一半的傲骨驰越高冈

4

半花半草
半静半吵

半水半山
半近半远

半贫半富
半忙半闲

半真半假
半智半傻

半喜半哀
半成半败

半泪半笑
半坏半好

一半云飘于今日
一半风吹向古时

千载一悲，世事往往半是半非
百年一叹，生涯常是半聚半散

5

你的一半始终东牵西挂
我的一半难免饱哭饿唱

一半的我话语滔滔
一半的你前思后想

一半的阳光打在地上
一半的月亮流于水上

一半的梦想自废于床上
一半的心思白扔在世上

良辰惜腰。我的一声叹息
无望地疼爱着你的半日窈窕

银碗盛雪。你的一夕唇红
枉然地凄美了我的半世孤绝

倘若一半的我此生注定不在你身旁
那谁的半个心跳被我捡起，放在了自己心上

6

半个我如今客居北京
半个你曾经游历西藏

这半个我不下地狱谁下地狱
那半个你不去天堂谁去天堂

季节转凉
我用一半身体御寒，一半用来发呆

旅游业正旺
你将一半头发盘起，一半用于热爱

一半松石一半草香
一半羊圈一半禅堂

一半天下大愁
一半人间有伤

一半来去有日
一半生死无妨

此间，一半是你默默的端庄
彼时，一半是我闲置的怅惘

而今，那仍被我紧攥在手里的一半啊
又是谁和什么的一半呢

2006.9.12—15 于北京

怪事

本该上山的马儿偏卧槽
泥菩萨老往河边跑

轮回道上可算把你见着了
也不说话也不笑

老鼠的女儿跟猫好
鲨鱼皮的刀鞘配给棒槌了

你那里石头搬起春天砸自己的脚
我这边流水的身子闪坏了青草的腰

花牦牛的心思谁知道
你咳嗽我就得感冒

既不谈婚也不论嫁
一日不见你事情大

佛跟前哭来没人处叫——
世间有你啥都好，就是心乱让人恼

2001.6.11

一茎新草绿往深夜

曾经覆满冬雪的日子远去
一茎新草绿往深夜

尾随其后的月光如羊，翻越高冈
摸黑来到我的体内饮水

而更多的羊，则白得有些吉祥和故意
半是为了众生，半是为你

此际夜色落地为水
据说水能加强心灵的景深

这时候我要是静静地坐一坐
就能记起或者遗忘很多事情

这时候你若取食一片水果
水果就会对你的嘴唇道晚安

这时候你若合上一本画册
书本就会对你的眼睛道晚安

这时候你如果熄了床头灯，捂开被单躺下
软糯的睡意便会拥住你的身体对你道晚安

只不过，作为没来由就会被你
爱至落泪的人，我是不睡的

我必须醒着确认，能与你同在
一个星球上，我是多么幸运

正当一茎新绿攀过午夜准备涉水入林
成群的月光已在翻山越岭，赶赴黎明

2008.5.13 于北京

谢谢挂念

——摘自给友人的旧信

我还好　谢谢挂念
昨天我在屋子里坐了整整一天
屋檐上也没有鸟儿出现
有一次我爬上屋顶
四处看了看
鸟儿还是没有出现
当时我并不知道你很挂念
否则我会待在屋顶上
把很多事情想一想
然后再到四周去看看
总之鸟儿始终没有出现
我便呆坐了整整一天
谢谢整整一天没有鸟儿出现
你还挂念

1986.6.12

歇在人间

我把我热爱劳作和父母的双手
从畜牧中暂时腾出，歇在日暮
这于雪山下静静的山南草原
是一种类似汗水芬芳的羊只
陆续卧满秋天的幸福

我到黄昏深处去过。我知道
在青稞黄熟的藏北，有许多短尾鼠兔
会把落日每天最后熔铸的金币
全部搬运到地下，然后守着儿女嗑开草籽
静候第一场大雪降临
但在此之前，鹰的翅膀
会再次飞掠寺院上空的钟鸣
同时也飞掠过我在大地上毕生的仰望

正当邻居家的卓嘎负桶来到溪边
临水解开她的十七条发辫
这世上其实已经有人在彼此想念
像隔山隔水的两座羊圈
如果晚些时候，第一盏酥油灯
再度点进盲艺人的帐篷
我也知道那是劳累了一天的人们
为了聆听英雄格萨尔和他的爱情

日暮之下的山南草原
牧人劳动之后的休息是多么短暂，眼下这个
能使牦牛犄角很快变弯的秋天是多么短暂
当我准备重新站起身来赶羊入圈
跟随在我身边也已多年的那匹安多红马
尽管鬃毛纷乱，仍喜欢驻足人间

2001.6.8

云上

一直往东　你会看见
伊人麋鹿的身子行在云上
往西走　也会

十八匹夜马匍匐　路遥远成河啊
漂来黎明的头三堆火光
其后就有伊人持桑西望
五指如兰渐呈修长
南风猝然来到我的心上

我庆幸整个早上并不悲伤
春天以两粒雨水的嘴唇
嗑开诗歌中遍地竹编的草筐
突然的一道阳光会停留多久
我依然没有要给远方写信的愿望
伊人云的身子卷过头顶
那巨大的宁静就笼罩在我脸上
无花自静　满脑袋东风

那年别时我白衣胜雪
胜过金露水斟满的早春二月
辰时三刻　千万道阳关之外
谁双肩瘦削如一张硬弓
带着被你遗忘的一生
长安一片月　从群羊之尾直照到匹马之额

伊只活在良人遥遥的归期里

天上的云和风
风中持桑　皓齿隐约的北方少女
时间蔚蓝色驿马车上
逶迤西去的一口袋相思
思妇织布　佳人偎玉
玉偎少年人的剑胆琴心
唇上的胭脂
只肯为那执戟玉门的人缓缓老去

手抚一阕凉州古词　即使酣醉后
我也做不了泣血饮天的豪迈男子
也不敢盯视每天行经我家门前的
那段文字和历史
怕只怕伊的发间　有我疼痛的目光

伊的腰身是鱼背上的轻浪

1993.4.26

私情夜

马垂鬃，圈拦羊
肉下锅里，人上床

草将黄，夜初凉
灯台欠身，照情郎

时无涯，心有慌
扯过犬吠，半遮乳房

牛皮暖，火塘旺
乱了手脚，闲了月光

2009.11.27 于北京

呵护

格桑花开。在多木拉草原
花是春天裸露于风中的美丽膝盖

想象自己就是那个身穿一袭宽大藏袍
喜欢食肉饮乳且无须补钙的漂亮女孩

今春的第一朵格桑是开在她家门口的一个意外
使她惊喜，手足无措，半晌说不出话来

然后守住自己这个稚嫩的秘密不让贪嘴的羊羔
靠近，再用一块骨头把藏獒引开

那如此简单易得的幸福
我们已经多久不曾拥有了啊

刚刚经历过一场雪灾的
多木拉草原上，格桑花儿盛开

而花是春天到处走动的小小膝盖。不忍心将其
碰伤，三千藏牦牛于牧途中普遍选择了避让

2001.6.10

甘南：拟花儿* 26首（节选）

*

端只大碗
雁挂南天

活着真好
妹在人间

*

白龙江之源
三次鹰飞袖手旁观

郎木寺之侧
两亩青稞尽释前嫌

---

* 花儿：也称"少年"，广泛流传于我国西北甘肃、青海、宁夏、
新疆四省（区）回、汉、东乡、撒拉、保安、土、藏、裕固等八个
民族中的一种独特民歌样式。

*

花不棱登
菩萨胃疼

马帮过街
往事追鞋

*

日深——
你替谁操心

夜冷——
谁为你点灯

*

我：满脑袋糨糊
多人的地方单衣四顾
没见到阿妹拿过的笤帚

你：三块银子买江湖

大河上游投石问路
不知阿哥心上的乱草
锄了没锄

*

晚饭吃罢洗个手
心里话绣上枕头

娘养的身子没人搂
黑头发愁到了白头

你怨谁呢

*

挖井挖出半个泉
想你想疼肚脐眼
把一天过成了三年

割麦割了苜蓿田
想你想到手发软
在夏天割倒一片秋天

*

妹在世上没活稳当
——大病一场

我在人间吃喝不香
——感觉孽障

*

金童骑狮
富贵登梯

玉女簪花
婚姻到家

*

粗喉咙大嗓音
喊来一日之大静

今天吹的什么风
我的命运从未示人

*

婆娘捉鸡
老汉吸烟

天低路细
以水为妻

秋色向南
此生过半

2004.5 于北京

梦天山

天亮前我梦见，一白一黑两匹马
像寄自人间的两封信
平安抵达夜天山
那白马白如雪，黑马黑似夜
它们一匹是银子一匹是铁

两匹马像两封信，出自同一个人的手
在向我靠近。她第一次想我时风在梳头
第二次又想是因为有鱼漱口
此间河汉无声，鸟翼稀薄
马蹄声代替了我在人间
有限的咳嗽和诉说

今夜天山，是双马踢踏
加上一万匹寂静的马
是两封信匍匐夜行，在这个世界上
摸索我仅存的地址和姓名。如旧时女子
无可救药地爱着老虎皮上的美丽斑纹
而夜深似井，路远成河啊
更何况夜凉如水，湿了马背
天山的月、天山的雪
将整个黑夜白成两截
使我做梦的瘦腰，未经拥抱
就沉沉睡去

今夜的雪莲姑娘，站在天山上
以她一生月光的乳房
眺望了我内心深处的三处旧伤
其实那伤也在连夜开放
在今夜天山上

雪莲姑娘的两封信
是一白一黑两匹马
现在一起来到天山下
它们一匹是银子一匹是铁
伏下身子，准备驮我回家
回到天山千年不化的冰雪之下

苦难已经深了，爱人尚在怀中
请以你火焰的体温抱紧我的冷
如天山明月朗照一张弓
如梦中的两封信。马的鼻息依稀可闻

1996.6.29

在海拔 5003 米，想起你

那是我在藏北牧羊人家
那是我抱着世界上最小的马
曾经苦恼的马，正在流逝的马
那是我想起一个人就愿意
为这个人把一生慢慢哭瞎

想想草原很耐心，领着我去看眼病
迎面遇见藏红花，枕着鹿头
这情形近似于你在内地很忧愁
坐在我想你的时候拿着手

我愿意水在湖上，雪在山顶
愿意喝酒吃肉时
胃部充满一些陈年旧风景
那是我以盲目的肉体和命前去认领
想你时跑过天空的一阵风
以及羊的腥

我知道大地上一杯一瓶都不可乱放
那是我在万里羌塘
那是我感到世界很大就将自己放下
只把草原上盛开在我想你时的藏红花
拿进生命这件大事，以配合我也爱你的想法
像春天羊圈里一个无限美好的哑巴
抱定心里的石头，只想你不说话

此时那流逝之马
正准备离开谁和什么

1996.8.20 于兰州

罗布林卡*闻蝉

午后的罗布林卡
这密密匝匝的大静中
骤然裸露出一段
低低的、哑哑的蝉鸣

若有若无的风仿佛凝神谛听
那在前面引领我的僧人
也同我一样不由得驻足
并暂停了惯常对于六字真言的轻诵

我们这一俗一僧
竟以如此郑重的静默
盛纳了相继传来的那一长一短
两声怯怯的，倒也似新绿般的试鸣

我真是意外了
——在这高海拔的雪域圣城拉萨
在这被称为"公园博物馆"的罗布林卡
竟也蛰伏着远在北京东郊我居所的窗外
每逢夏天都会将众人的聆听拔高一截的
那种蝉鸣

----

* 罗布林卡：意为宝贝园林。位于西藏拉萨西郊，是一座典型的藏
  式风格园林。

尽管无多
仅够香客和游客们在造访过程中心下一动
仅供高僧大德于夏日安居静修期间偶一分神

我记起了我在世上捡到过的那些蝉蜕
一如此前林间飘过的几抹喇嘛们穿的褐红袈裟
我想到了岁月如旧而蝉鸣常新的道理
此间日光正将树影移过格桑颇章宫的檐瓦

然而，大隐于罗布林卡的某只蝉啊
它只是冷不丁，长长短短地鸣叫了几声

2006.8.1 于北京

正当大地一程程走向辽远

明晃晃的雪山依旧围坐天边
把一度丰腴的草原，女人一样搂在怀中

日子已过到了现在这一步：秋天
一阵马嘶，竟被弯折成风中的薄铁片

担心自己的行程会落在故事后面
原本青葱的草色，正动物般准备起身离去

此前饮马的湖岸，牧羊必经的
寺院和青稞地，仍是我越败越爱的人间

正当大地一程程走向辽远，看来渺无尽头的
轮回中，仍有一头两岁的花牦牛在追赶时间

虽然有些人等也是白等，但还是等等
尽管有些山转也是白转，可还是转转

但请务必及时相遇或黯然离去，趁我在
也请抓紧恨或者赶紧爱，趁我还在

日子真的已过到了此生的一半：秋天
就算大家一起重新回到起点，也该黄昏了吧

在几乎能听到流星划过帐幕天窗的傍晚
且将一百零八盏酥油灯重新燃起，摆在佛前

再把日子点成一炷长长的藏香，将你供在中央
而我只是心如庙堂，双手合十，静静观想

想——如果夜还不过来，咱就过去
如果我们知道什么是人间，必已身在其中

有些东西总会迟到，但一定会到
正如缰绳抓在手上的感觉，从古至今几乎没变

只是，倘有来生，我仍希望
还是能在秋天的夜半，去敲你家的门板

请不要立即开门
且罚我在悲欣交集中好好站一站

你要罚我立尽世间所有的秋天
在芸芸众生里，重新把你遇见

2009.11.5 于北京

草原帝国

——读匈奴史

群山似马
日月朗照

北方门前
众羊拾草

男子佩铁
女子衣袍

天地有情
逝水无腰

寺为佛修
人替谁老

雪飘霜晨
长空雁叫

一代王朝
毁弓祭雕

两个臣子
心冷如刀

2001.6.13

小地方

地方很小

似乎总盛不下一只鹰飞
大致也圈不住一阵羊跑

好在藏地无闲草
且通常阳光普照

阳光照着远山、近水
以及谁家父母，绕着一座
小小的喇嘛庙，渐行渐老

在这个广大的世界上
阳光偶尔也会照到
一个人的生存和苦恼

我此际主要是为你，又不特意
针对种种前因后果的伫立和祈祷

竟天气一样，不着边际地晴着
说来更小，近乎微不足道

2011.11.22 于深圳

抵达

落草最先抵达秋天了吗

其次是一尾高原裸鲤，半部关于冷兵器的历史
是这本书中所涉及的世间，迄今至少仍有两个伤
心人
面对着面，却不能不继续深深地想念彼此

以及尾随其后，磕着长头慢慢到来的朝圣者
他们想要抵达的是来世和佛意
只是他们尚在途中，正如一切都还在半路

那么，那条径直流过去的大河，还回不回来呢
白昼，一带远山涉及永恒的沉默里，明显有着
昨晚某种天体悄然飞逝后，留下的隐约锈迹

真的有谁曾经完好如初地，率先抵达过秋天吗
我如此自问时，有位红衣僧人正轻骑缓辔地离开
此地

2010.8.12 上午，于北京

百年后或者忆江南

百年后的夜里谁将梦见桃花哭泣
梦见大月跳出平原　白衣胜雪的少年
只身打马过江南
百年后依然爱你的人
从破败的屋子里走到水边
用手指按住久远的伤口

（十层楼下　一街人潮　电车如船）

百年后的黄昏将被什么样的声音缠绕
谁的孤独远到天涯
在靠近一颗心脏的南方
是谁独坐在一支火把的背后
遥想对月宽衣的一次新婚
风把荻花吹到了对岸
对岸是谁的一生
将耗尽我的注视和眼睛

（离人的眼泪在水龙头深处汹涌）

百年后宁静的日子恐怕不多
我仍有爱穿中山装的倾向
漠然地在巷口张望
我想我大致还在等谁
在暗红色的月亮沉落之前

风把云彩的影子举过白塔

风把云彩的影子举过了白塔
草们，已陆续绿往黄昏

最先出现的是半个月亮
然后则是，一支驮队的负重远行

它们逐渐变小的过程
以及适时的慢，还原

直到满目晴空或尘埃
恢复为一小片灵魂的安宁

暮色渐深，及至齐眉
而风转寒，且人久立

今夜，请容我不念众生
今夜，请许我只想一人

星稀、草密，而寺静
偶有犬吠，远远地传来

如古之藏刀，自镶金饰玉的
皮鞘中，一遍遍抽出又悄然合上

倘若今夜，你只身打马过草原
也只是，偶尔路过人间

2009.11.3 于北京

余兴

碎嘴子说话，
说到哪儿算哪儿，
说不动了喘下。

余下的话对谁说呢？

平川里走马，
走到哪儿算哪儿，
走不尽了站下。

没走的路和谁走呢？

世上的你呀，
我想了一遍又一遍，
想到哪儿算哪儿，
想不完了剩下。

剩下的你让谁想呢？

2006.8.18 于北京

爱情

石头垒经堂
佛爷供上
一对俏铃铛
浑身草香

三个壮喇嘛
引颈想家
孬人骑劣马
豹子磨牙

十只小白羊
啃食阳光
哑子喊格桑
光棍上房

牦牛穿靴子
准没好事
雪落无悲喜
世上有你

老虎要娶亲
铁匠悲伤
井水映故乡
铁色扑墙

木头飞过河
惆怅是我
心酸向谁说
嘴唇咬破

梦里抱月光
半个新娘
肉身子开花
想念乳房

击鼓到天明
刀子镶银
爱情替众人
哭瞎眼睛

1997.2.25

一切

当我说出这个词：一切
其时，万物早已各归其位

诸如云在高天，佛在庙堂
偶有野兽，举着一朵花在玛旁雍湖边踱步

唯你，不在我身旁，甚至有可能
压根不在世上。你就只在我心上

该来的都已来过，像鸟儿被飞翔携带着
快速趋近，继而消失于一片空蒙中

我似乎一直都在寻找着这个世界上
该有而又偏偏没有的某样东西

比如奇迹和你。当我说出这个词：
一切，其中恰恰没你

正当草色翻沸，向着远方奔涌而去
且等我向内心哭完了再来

似乎，会疼的都已疼过
正当秋冷了落日，风摊开初雪

你若偶尔也把头颈伸出无边岁月，喊谁一声
却无人应答，心里可否愈发落寞

而眼下于我，所谓一切，正像苍茫暮色
距离冈仁波钦神山，还有整整十匹马身的距离

2009.10.21 于北京

午夜的白马

午夜的白马
摆放于湿重的夜色上
仿佛多年来
盛开在我眼中的一句话
抑或干脆就是一捆贵重的光芒
深埋于树下
被我的目光再度掘出

那是我剥开一段注视
看见的白马
一匹午夜里的白马
爱人呀　请在你睡之前
吻我和回忆一下

而在早已过去的夏天
长花短草　临风而立
坐在黄昏深处
为什么我会将大部分暮色拿起又放下
一颗心裸露出草原的阔大
以及被我的全部少年时光
拴在午夜时分的一匹白马
在更久的年代我终日徘徊
终日手心洁净　正面朝下
被落花灼伤

我像最后一位匈奴人　一位牧人
合上眼皮就是合上四季
做人或者摸黑伫立　被事耽搁
在长久的漂泊之后
趁着夜色回家　看见白马

马呀　一千次长星照你
如照家乡一堆祥和的碎瓦
一千年温暖的夜色晒到马尾
你长鬃半掩的一生正在结疤

在午夜　在一匹白马的一生中
我平稳地坐下
我似乎就想这样
默守住自己对于幸福的全部看法
在深远的背景中
将你连同寂静一道留下
死也不说

1992.1

醉意渐浓

多年来，我以一饮而尽的方式
了解古典，已成习惯
酒以百感交集的一吻扶住我的嘴唇
百年前的一滴醉意
霎时覆盖了我的全身
恰如啜饮黎明的玫瑰横渡黄金
一只柔软的手牢牢捉住我的一生
逼我吐出所有的苦水和热泪
再等等，许多感受便一一陈旧

原以为酒是水的一种平静的形式
与世隔绝的形式
以为独饮的场景可以斟酌一些心情
从风干的伤口中提起满腹辛酸
把禅坐的手，热爱的手
在一腔热血中重新洗净
常可见心上人怨怼的眼神
犹立于杯沿之上
我凄迷的十指伸开
按住自己苍茫的表情
单衣四顾的季节，为一滴醉意
承载千年的诗人
端详自己的内心，愈看愈陌生

有多少熟悉的时刻一触即成灰烬

这过程说穿了许多人生的秘密
每一次举杯的动作都浸满秋意
如同踉跄的男性喉结哽咽了世界
我看见五千年月色和友人旧了的面容
暖暖地漂浮于杯底
看见饮者的姿势像只杯子
将内心无尽的坎坷
一并摆放在祖国　自己的家中

有时我爱醉意成堆
想你在杯外整理岁月
恰如雨声如琴，晚钟澄澈而绿
于天堂初启之时，自一只瓶中
仍爱着一些对春扼腕的陈旧故事
那些古老的伤感，把每一刻低语
推翻在夜幕下

三杯未尽我清冽的目光已有些暖意
恰如一生的阳光堆放在头顶
来自人间的注视洒暖后背
以潮红的面颊偎紧最高处的深情
我不善辞令，跌跌撞撞的生存和感动
除了你们，还有谁在倾听

1997

匹马入夏

匹马入夏
藏域出迎

草绿今世
花忆前身

天地可牧
田园待耕

湖光云影
丝绒心情

北晴南雨
牛西羊东

四时轮转
犹有不忍

佛去了也
唯有你在

素手掬玉
颈项饰银

日月深长
经幡扶风

一些事情
水落石出

另一些事
其意渐深

愁是新愁
人是旧人

巫医神汉
难医其命

烦劳我手
慰藉我心

江山有待
念你如经

同世不亲
尚感幸甚

但愿此生
不虚此行

2008.5.8 于北京

雪出没的日子

今天，雪出没，注意
只是熊去了哪里

一个冬天似乎才刚派上用场，已面临终局
小有遗憾的化雪日：偏冷、泥泞而空气转湿

有种感觉，像是羊群外
更为卑微且畏寒的小小一只

避让过一切与宏观、高效和未来相关的事物
自积雪上、从人间，刚刚审慎地迈回过去

它若于雪残处留下了踪迹，理应既浅且轻
一样会被余下的雪，轻柔地捧住复又掬起

像是谁和什么，仍被悄悄地疼惜着
只是愈显乏弱、凉薄和迟疑

直到最后，雪对所有的雪释开怀抱，就想化掉

疑似印在纸上的文字之美
字里行间的思想之美

一种有限且暂时的美近乎局促，仅限于
像种感觉，在雪出没、请注意的日子里

雪大程度，起码盖住过至少一头熊的冬眠了吧
只是这一点，即便雪消熊醒后，也不能被证实

2011.2.27 北京化雪日

鹰

藏北高原
鹰是一扇出自人间的门板
停在空中　天堂的对面
诸神和死坐在上面

黧黑的人们　搬来自己的身子
洁净的树枝一样摆满大地
洁净的树枝一样忽明忽暗
劳作　生息　抬头看天
鹰
神的经幡飘在他们头顶

落羽纷纷　满眼皆是
光明的伤口
和肉

马鼻子下　我们三个人
三个浑身夜色　漆黑一片的冤家
除了我和他　另外一个
把宿命的羊儿分别赶到
九十九座雪山脚下
吃了饭　准备回家

作为人间最后三个孽障
我们围在一起
放声歌唱
用嘴唇用肉体
用想象中摆放在天梯上的
刀斧和火光
而鹰盘旋

而鹰盘旋
像天堂对面漆黑燃烧的门板
飘落在藏北高原
从地下一直烧到地面

1997.2.11

拥有（之一）

一座高原。一个西藏
十万边疆

五百山水。三千佛唱
四封短信里
坐着我大雪围困的七处故乡

两扇庙门。六座磨坊
九个远方
谁是那第十一位
面色潮红的酥油女王

并且鹰飞然后草长
并且青天在上，星日朗朗
白牦牛的犄角究竟因何为谁
它又弯又长

而我像天堂，住在你心上
有三分幸福、七分迷惘

四个牧民。三个喇嘛。两个铁匠
世界和我
只有一个西藏

1997.1.9

拥有（之二）

大地上升，抱住天空
远在藏东察雅小镇
皮匠家的六姊妹，抓紧了她们
唯一的哑子兄弟

像我一样衰老。像我一样年轻
像我一样无辜。像我一样严重

想当年，千里冰封攥紧一把刀
现如今，百万牛羊感念一张琴

看鹰飞上下，雪在山顶
一泓清泉饮出豹子的全身
我曾经拥有一生
目前只剩下爱情

像七个长夜守望两盏灯
八座寺院苦读一卷经
苍天在上，生存无须洞察
儿女近身，苦难不言自明

而父母天葬，老友抱银
我抱着古格王朝遗址上的
最后三大堆黎明
有如青青草秆横渡黄金

抱住被春天绿断尾巴的三头幼虎

佛主轮回。大静扑钟
狮泉河以东，我还远不是那个
千里青藏线上星夜还家的
汉族司机老丁

1997.1.10

月光

民谣落脚之处
九月爬上山坡
众草怀抱白羊新娘最美的一天
唯独格桑花儿不见
使我衣袖飘摇渐入黄昏
那面容姣好的打坐之人
是藏历木鼠年的一次月圆

那长风入夜把大地吹翻
鸟声叫门之处
寺院的泥塑菩萨内心地火奔行
幻化为吹弹即破的精美图案
诸如牦牛驮经卷，神佛敲钟
神佛已然将钟敲进了青铜
仿若一桩盛事
在沿途打听我的出生

北部西藏，五座旧牧场
众鸟飞高了天空
然后翅膀悄掩
偶蹄类动物的两只病耳
支撑起一卷羊皮上游牧的家园
最后才是一宿月光
照出白羊新娘
酒歌掩映的半个乳房

她唯一的嫁妆是我仅有的远方

而大风过后的寂静如狗
挪近七座佛塔和我的身旁
谁和什么使我得渡此生苍茫
内心笨拙，满脑袋月色
代表了世间无数的栖息和抚摸

1997.9.13 草就
2001.6.10 删改

吉祥西藏

大羊的孩子是小羊
小羊的孩子是草
草的孩子是花
开在卓嘎家

美如一桩婚事
摆放在酥油灯下

二十一根发辫的卓嘎
草滩上放了一天羊
又为谁戴了半天花的卓嘎
时候不早了
给心跳洗洗睡吧
给爱情洗洗睡吧
睡在藏红花下
头枕着自己明日的婚嫁

夜里梦见一匹白马
白得像尊菩萨
被一根绣氆氇的花线
从卓嘎心里
牵到了寺院的墙下

此乃吉兆

明早即将远嫁的卓嘎
今晚无疑会睡得很香
如同她家帐篷门外
月光朗照的整个西藏
草绿花香也哄睡了最后一只小羊

2001.6.18

藏地谣唱

1

青草绿疼了羊下巴
这是咋啦

掘地三尺一桶春
金银哑了

2

对面山坡上立着四声雷

阿姐的婚姻外站着那个谁

3

三张乌鸦嘴

两个催命鬼

一副驴肝肺

4

寺院门前人咬狗
爱情挠头

月亮地里手拖手
菩萨上楼

5

鱼儿抱水住进河
桥在，河水涨了

夜色穿的是一锭墨
心好，身子黑了

6

高高山上一座寺
百万牛羊难成事

藏刀伤心一阵子
为了你

7

浮生若梦

佛喊三声

锣鼓不应

8

马槽里伸出个驴脑袋
纯属意外

好日子过成了烂麻袋
不怨你才怪

9

埋人的山

四月的天

喂羊的盐

10

天河里淌水湿了云

猫推碾子狗点灯

害我活不成个人

11

苦主一筐

菩萨心肠

12

乱花操起半块砖
雪豹喊冤

草色掀翻五更天
壮士扼腕

13

牛圈里哭来羊圈外面笑
苦命人一见你就想睡个觉

为了你好

14

有嘴没心

马嚼夜草的声音

15

鞍马般配

无人心碎

16

鸟儿防卫过当

雪莲成了人间的一处暗伤

而羊群翻过山冈

三座转经房　　两堵骷髅墙
我只是疼你没疼对地方

17

巫医神汉
好铁不嫁木板

轮回无限
一朵擅闯午夜的牡丹

18

今夜无人入睡
那是谣传

两只藏獒常会比一个人的初衷
走得更远

而背时之人身后
通常跟的是牛头马面

19

板凳歪，梨花开

现在板凳不歪
梨花照样很白

如果这个世界上没有你在
我又何苦驱赶着自己的肉身到来

20

飞鸟是几年前的旧使者

梦里的一声咳嗽是我

21

唱呀唱呀唱呀

青稞美丽的小脚丫

大水送来的一包袱锣鼓
近乎喑哑

22

风不动
寂静三闷棍

爱做主
打你一老虎

23

一场雨　母羊的身体
一阵风　情人的眼睛

好好学习　天天做人
做个好人　跟你成亲

24

两桶青稞酒
旧靴子下楼

四碗酥油茶
铜戒指想家

25

一堆心头肉
河边洗手

十万佛法
为你发愁

26

银鞍子骑马
要去哪

月照白妹子
美如哈达

27

花香满头
草色惊狗

人世上抓住你的手
热热腾腾咬一口

28

双手搂定你的腰
好像青草疼羊羔

人间欠我一个拥抱

29

今日太阳好
青春做伴好晒草

恋爱的草，亲嘴的草
美如白马妹妹的心跳
崴了脚

30

匹马失社稷
牛羊数春秋

那个被经卷翻开的人
无缘对面不相认

31

黄羊母亲花为枕
生了个女儿让我等

等也是白等

32

女大三六一十八
能从羊奶油中打出酥油曲拉

你是哑子心里说不出的莲花
一宿无话，洗洗睡吧

33

月亮摸摸
摸到哥哥

风儿吹吹
吹到妹妹

时日如水
化作热泪

34

雪山七座，豹子没辙

两支牧歌，与春同坐

牧羊的哥哥，好人一个

35

生死不由人——寺院的静

心疼再加上肉疼——刀子的冷

活不稳当了说一声——我替你病

2002.2.23 改

花神的一日：浪山节

绿草湿了马背　山上的草
摇醒露水中容易熄灭的短暂花神
随后开放的花　一大片鲜花
顺着我的身子
一直燃烧到山顶
如同一切都将过去
我只留下爱人
这痛苦不能如期愈合的
筐子和琴
从手上　一直烧回到内心

或者花神的一日　原本是
惜我如玉的人在啜泣之中　为我从前世
紧紧抱来的新婚和爱情
作为千秋岁月映照下的
肉身的花朵和内心灰烬
我并不知道
众人所骑的哪匹马驮来的
哪只箱子里　存放着我的命
鲜花的美丽　鲜花的渐渐流失过程

现在我们一起来到山顶
鲜花湿了马背　山上的花
除非是为了我　我泪水蒙眼的爱人
你还会为谁停在一副孬嗓子

离家出游的途中
拨开遍地青草稍坐片刻
一切都将不同　我的爱人
我只请求：用我的一生盛水
在众多的瘦骨头当中只留下我的
带回家中　去安慰你家
被落花灼伤的木门

鲜花的一日　鲜花
漫过我爱人的身子和嘴唇
我的体内　有一只装花的篮子
沉睡不醒
只身打马走过民间
花神或者少女们采花的手指
同时漏掉的两个人
——那花的一半是花，另一半是谁
我没细问
问又怎样，鲜花开遍山顶

1992.4.4

某时某地某人某事

那是藏区某地，某个
临风立有两匹安多红马的午后
在阳光薄暖的山坡上小睡片刻
其后醒坐良久

秋天了啊
草香日渐枯淡
色泽深深黯去
大地轮回如常
生命忧喜辗转
忽然惦念起你来
有种想流泪的感觉
不知究竟为何

天空原本很空
唯因经由无数人的指认
才成了既值得引颈仰望
又适合低首凝思的地方
对我来说，你也若此

然则眼下
向北看是雪山
向南看也是雪山
这时的诸神和你
应该是在忙些什么

隐约中，直接或间接地
与我的生存和内心
多少有些关联

这世上，通常需要一个人
起身去面对的事情
始终有增无减。不过此际
我就只愿意醒着和坐着
既像在等某人某事过去
又似乎是在静候某种可能到来
纵有万千言语足可令自己气结
却一句话也没说

2008.5.5 于北京

半个秋天

陶土做供灯
主妇丰满
骏马驮宝卷
一个敲钟的罗汉

幼马和亲人对面
是鹰飞剩下的天空
和五座寺院

小小法铃
闭上声音的眼睛

午后听见青稞叫门
进来四只木碗
三个美季节，一阵慌乱

周围是九十九座雪山。湖泊含盐
大水淹了鱼的婚礼

谁的今生竟是我的来世

迎着美丽向前。白羊姑娘
抱来七块板
一对老情人两个旧神明
坐在上面

望果节＊一日
牛皮船上歌舞堆满
击鼓的阿姐
酷似一位转世的飞天

大地上有我针对爱情的几顿剩饭

你们，你们其实早已坐入
我的梦中和病中

然后才是
六座羊圈门朝南
喇嘛心烦
两只老虎爬上山
半个秋天

而时日渡人，近佛修身
一副笨筐篮，来到人间

＊望果节：西藏拉萨、日喀则、山南等地藏族农民欢庆丰收的节日，
每年藏历七八月间，青稞黄熟后、开镰收割前举行。

忆及天葬之后被牦牛驮队
带离藏北那曲的某个黄昏
大风正刮过
每个人的一生

1998.8.11

岁月

即便是在群峰岑寂的夏天
达尔果雪山
也不比别的山更显遥远
然则若有若无的草色
似乎从未抵达过
我对面那面山坡

继三辆新款越野车绝尘而去
一队磕着长头的朝圣者
于忽高忽低中慢慢消失
又有两位出自游牧部落的康巴汉子
腰挎长刀，头缠英雄结
牵着至少历经六千万年进化来的马
在仿若洪荒初定的原野上
深一脚浅一脚地走过

他们自始至终没有回过头来
看我一眼

唯有时间扑面而来
又转身离开

2008.5.2 于北京

夜宿文部村

夜半盲人瞎马
打出一支火把
照一照我的失眠
所谓神秘和遥远不过是
月亮一半你一半
而你是一百零八盏佛灯
担心着今晚文部的本教寺院

但我要说我的面目多么苍凉
想起虚掷的时光
睁眼看见黑暗
失意过半幸福过半
当惹雍湖女神拨开夜色
月光下驱赶着成群的水声上岸

哪有胜利可言？一日冷过一日
况且夜寒风寒，三匹拴在记忆里的马寒
一次次寒向雪山脚下九十九座石头禅房
也曾经几乎就要寒到我在文部村的唯一一次失眠
那准备带我走的正在设法将我挽留

夜半盲人瞎马
打出一支火把
比夜色更白地回家

1997.1.8

美：做客

羊儿做客鲁朗西
短草长林，贴河而立
人间压在我心头太久的那块石头
眼下也正在一点点变轻和变绿

（美有一副好胃口
放下犄角，献出牙齿）

马儿做客通古驿
三支火把照出山高水低而家徒四壁
照出去年硕果仅存的那场雨
坐在我家水窖里哭她自己
尽管她也哭大风突起，携路远去

（美有四只好蹄子
嘶唤南北，背负东西）

鱼儿做客青海湖
风高浪急，痛得湖面整体翻滚时
寂静通常也会抱病不起，歇卧于湖底
就像我把手脚缩进身边有你的日子里
继续想你

（美是一双好儿女
吹着气泡轻松来去）

此生如寄。我现在做客于人世
在酒越喝越暖，人越做越难的同时
游牧一生，恋爱半世
全凭岁月默默流逝

（美是民间贤娘子
天凉给我盖被子）

2004.5.1 于北京

辑
五

小小羚羊过山冈

九根马尾渡江

想想大地上一石一鸟都不可乱放

有人喊过一嗓

藏北之春

广天一夜两把刀，在树下
坐成一对鹿的角

草们的绿袖子
疯长八尺

其实，这世上已经有谁在彼此想念
像隔山隔水的两座羊圈

几丛暖和的草或者鹿的角
使小羊在山坡上一跳一跳

而佛面如花。藏经洞中泥菩萨思嫁
领着爱情去拔牙，老虎已长大

正当三眼笨泉，匆匆赶来人间
有人正面颊美白地走出寺院

迎亲的鼓声咚咚。是哪个情郎
执意要把摘取你的嘴唇送回家中

草或者鹿的角，其实是鲜花的手指
所能摸到的一段绿腰

草上一对夫妻马
手捉手，去往拉萨

而好春胜金。眼下这个藏北之春
就胜过深埋地下的十八桶黄金

1998.8.19

日暮深处

天色向晚
日暮降临

牛羊归牧
匹马入群

谁，正腾出自己的灵魂，静候一个人的莅临
就如每日必做一遍的寻常事情

晚祷之后，月亮基本都会以湖为镜
水下大多数鱼身子，主要还是侧向了爱情

而你，是否来过我内心
仿若神佛入定

也像火归于火
灯抵达灯

这世界，已给过我太多答案
而你和今晚，还不全是其余部分

及至拂晓时分，我知道自己
正在去往人间，另一个日暮的途中

总要习惯做些什么事吧；更由于你或许
就在其中，我还必将继续去等一些人

并为此格外疼惜着，无尽轮回里
仅有一次，属于自己的短暂此生

2011.10.15 夜，于深圳

大风雪之夜

每逢大风雪之夜
毡房门外成群的风声
注定要吹瘦一两盏酥油灯
让你感到：牧马的汉子
留在你面颊上的每个亲吻
都格外寒冷
四处游牧的马群
使草原大得永无止境
使人在大风雪之夜
总是等不来由远而近的马蹄声
一辈子也等不来多少马蹄声

也有承受不了大风雪之夜的女人改嫁了
嫁给了不肯游牧的人
你知道：她们将因为
在大风雪之夜不必再等待什么
而憔悴一生
憔悴一生也挡不住那些
早晨起来总要钻出酒瓶子
打几个哈欠的男人
吆喝着他们的马群出几趟远门

大风雪之夜，大雪大风
宠坏了大草原上飘来飘去的男人
宠坏了对女人永无歉意的男人

宠坏了你的男人
他会在你快要忍受不了的时候
弄得你浑身都是爱情
弄得你只有惦念着他那
每个充满风暴的指纹
疯癫癫地骂一声：该死的
又后悔这句话在大风雪之夜
会预示出一种不祥的命运
会成为你哭不出泪水的眼睛里
永远走不回来的什么音讯
——相传，牧马人倒下的时候
他们的靴子还会站在草原上
痛饮狂风

不想知道，可你还是
清楚地知道：每逢大风雪之夜
总有去了就回不来的牧马人
变成身披黑斗篷的风神
惹得部落里的寡妇们
都要冲出家门，纷纷搂住
随便哪匹马的脖颈
像搂紧她们自己的男人
彼此撕肝裂胆地
痛苦一阵，安慰一阵
然后沉默，然后就是

拉扯大自己的每一桩心事
拉扯大孩子们的哭声
还做牧马人

1985.7.14

你

你不在那些说唱故事里
甚至不在千轴唐卡上，万身彩塑中

山上和羊群中，基本没你
即便芸芸众生里，也遍寻不见你

磕着长头去朝圣，或是
徒步游走于转山转水转佛塔的途中

我还是没能遇到你

没有你，房子显得太空
天下显得太大，人间显得太静

一只佛性的老虎，也开始
对我生而为人的意义，表现出些许迟疑

其实，我只是想和你一道
默默欢喜着，同来一回世上

像所有良善者一样，勤勉地活着
面容黧黑，而牙齿普遍皓白地微笑着

然后，再一起静静地，十指相扣着离开

以不负多少年周而复始，浩茫雪域高原
依旧是云白，山青，水碧，地广，寺静，人稀

2009.10.29 酒后凌晨，于北京

归一

行万里而达一地
——无分西藏阿里
　　还是首都北京

历千劫而存一念
——不图胡润年度财富榜上题名
　　但愿能与大家，同世为人

牧百骑而归一途
——远离国道或者高速路
　　普遍在西，偶尔往东

悯苍生而供一神
——该下雨时有雨
　　可刮风时刮风

惊天地而求一静
——鼠标点开的某个下午
　　阳光晒暖的片刻安宁

愈百疾而疼一命
——那会是谁呢？既然，就如鲁迅先生所说
　　无限的远方，无数的人们，都与我有关

轻千言而重一句
——是你在世上喊我吗
　请大声

2009.10.31 于今冬第一场冷空气突降的北京

寂寞：雨下不停

雨下不停
寂寞是北方门前
一只盛水的盆子
是瓦盆中积攒起来的雨水
摆放在雨中
而雨下不停

寂寞是今晚盛开在一具马骨内部的
稠密雨声
是随后而来的落花和筐
隔水梦见的猎马人
以及被一张马皮漂来做我妻子的
少女的身子和命
我把我接雨的盆子从屋外取回
濯足净身　临睡前
没忘记用帽子罩住
我平日里出人头地的想法

以及其他的寂寞　是贴花纸的窗子
同时照耀下的
两口深夜深井
像接雨水的盆子
同时盛满我前生和来世的雨声
以及其他的雨　像我正在熄灭的爱人
像大雨毁掉的一次人生

下雨的夜里
寂寞黑漆漆　恍若一口又聋又哑的洪钟
扣在我做梦的头顶
耳朵一遍遍伸长　我在倾听

现在　寂寞是更密集的雨声
踩过我家屋顶
像一些不可能的事情正在发生
把手伸到窗外　我试图摸到
被一只想象中的瓦盆多年来
摆放在北方门前的
我的深深热爱和伤心
双手被风吹灭　手指上却沾满了
爱人的花粉和雨水的眼神
我长时间地默坐　并不表明
连日来的雨水已在我体内
安顿好它永久的凳子和琴
马或者我北方的爱人
散布于七根喑哑的弦上
其实很静

而雨下不停。那美好的寂寞啊
如有必要
我可以再次奉上其余的聆听

1992.4.5

四季的声音

冬：
风雪敲门声
抱病咳嗽声
羊咩牛哞声
点灯入夜
——围炉皆至亲，奶茶尚温

春：
桃花渡河声
寺院诵经声
初恋洗澡声
早睡早起
——新羔跪乳，歇在民歌中

夏：
时日飞跑声
大静扑钟声
杀羊宴客声
青稞熟了
——好婚姻遇到两个好人

秋：
喇嘛出行声
刀敲落草声
儿女见长声
马肥羊瘦
——生有余幸，无事频思君

2001.6.13 初稿
2020.2.9 改定

那曲夜意

黑河畔，马逐暮霭长嘶
帐篷中，唇为离人暗红

好风若水，向街市频渡孝登寺唱经
好草如茵，尽染锅庄舞者绿腰成梦

不舍昼夜，总有旅行团随车过境
然则天意难问，至今仍是
摆在还俗藏医曲扎家中的一块病

甚至不容我，为伊浩叹一声

今夜草原千帐灯
而那未曾点燃的额外一盏
怕照出某生某世，我不过是
疼在某人心头的一捧灰烬

惶恐。继而大静

2006.8.7 于北京

藏北三行诗（节选）

*

藏红花下，三只母羊嘴唇开花

春天，春天里最先露出谁的下巴

豹子的胃，白云的家

*

命是你摔碎药箱并拿起一块冰
是鹰飞剩下天空而下面站着世上最美的女人

她加剧我的冷又披着我一生的风

*

小小羚羊过山冈，九根马尾渡江

想想大地上一石一鸟都不可乱放
有人喊过一嗓

*

白塔上鸣响着两块黑铁
雨水中奔跑着三只旧鞋

我左手是带刀的哥右手是佩玉的姐

*

今夜，月亮新娘是一只笨拙的山羊
稳坐于琴箱中、爱护乳房的山羊

今夜草原上：一把老骨头，绿了

*

草原上跑过天堂的雷霆
闪电劫掠一颗母龙的心

羊受孕，马诞生

*

马失前蹄
我失去一生的好日子

佛失去一座寺

*

花朵坐享青草的绿腰
法号吹响一个王朝

两片云彩，妻子白羊的一副手套

*

深夜点起三堆火——活还是不活

十年做成两张琴——病还是不病

八百里驮来半斤土——哭还是不哭

*

远方是我通过你的手抚摸鹿头

是你抚育并杀死幼马
只为让一颗黑痣将我变为嗜走之兽

*

璎珞男子、白银女性
往事喊你应还是不应

爱情打你疼还是不疼

*

月光敲墙。大地寒凉
多少年过去大地依然寒凉

十万月光敲墙，叫醒一个藏王

*

鹰是一把斧头它劈开了天空

黄昏是幼狮家中的一块病

全部岁月仅凭观鸟止痛

*

我可能无意间错过了一只杯子

像深度睡眠错过了一段腰身

披发的风在雪域西藏错过了一次修行

*

月亮饮水，咽下两颗虎牙

铃鼓夜行，听见四匹白马说话

六千红喇嘛，一片惊讶

*

黄昏七部书讲的是三头熊密谋杀死猎人
讲的是猎人在伤心处画下异邦公主的眼睛

但也许七部书讲的只是猎人大限将至而众草扑灯

*

三尺厚的寒冷。九匹马的冬天

我在背风处回想朋友们的脸
取暖

*

月光上碰破嘴唇。月色镶银

仿若藏北牧人深夜打出一盏灯
照一照爱情叫门的声音

*

一部经书拿在手上像手拿着整个西藏

河流拖拽大地而未经点验的灵魂暂住一朵云上

为什么你每次来到世上我都去了远方

1997.1

旅次青海湖

春深草浅。荒原起身
纷纷围住苍狼折返吐蕃时代之前
遗落于人间的这最后一泓柔和眼神

湖中鸟岛羽翼渐丰，起落无定
水的手掌心，一小块
会鸣叫、会飞翔的陆地啊
湟鱼姐妹，于清浅处安身

那藏毯般铺陈于湖面上的㴆㴆波光
似乎饱含神恩，又匆匆无痕
然则还是吸引了昨晚连夜赶来的
边关二十四部灯，以及今晨
为露水所打湿的七座耀眼的白帐篷

在鹰飞投下影子，影子又集结成
花蕾和蝴蝶的湖岸上
两匹小红马，衔草入世

而背山面湖的玛尼堆前
五色经幡蹈舞于青藏高原的猎猎风中
一位红衣僧人刚刚放下手中的法轮
正撩起部分湖面准备洗脸

曾经，仅以一片蔚蓝色水域
就能啸聚半个西域的青海湖啊
即便是在慢慢变浅，仍深过
改土归流的明清两朝乃至整个公元纪年

甚至因为高浓度含盐
而咸于一支经过此地的牦牛驮队
决意为路途遥远献上的淋漓汗水
使我的旅行手记和此生见闻感到了口渴

世间万物都将在日后逐渐学会因渴惜水
除我而外，谁还愿意在内心多存一份
远在青海湖边，我曾一人独对三天之大静

2004.4.26 于北京

民间剪纸：羊在山上

羊在山上时
日光其实很强，画出村庄
我炕楞 * 上默写个人模样——
头枕少女的美丽忧伤
怀抱自办的嫁妆：马肚子里的纸和月亮

我不能矢口否认：白天和夜晚
羊在山上时我端着碗
碗里头白白端着春天的温暖
高天上流云
云流过我家的白铁皮屋顶
一夜繁花伤了我痴心不改的心上人

大路上走来新的一日
羊在山上时
我连自己都放弃
更不会回到春天　我旧时的家中

是幸福紧挨着忧伤　压弯了我家屋梁
食草饮水的羊儿回到山冈
我盲目有如摸黑运来的农耕和口粮
我歇在我国农村
最美的人的胃上

---

* 炕楞：西部方言，指木制炕沿。

脸上有疤，一匹纸马驮来的三筐傻话
情人的双手被风吹灭
容易背叛记忆的三支唢呐
阴沉地等在你家贴喜字的窗下
羊在山上时　你不说话

我无力将一簇风中的火焰举过千年
如同我不能看见敞亮人脊背忧伤
灯笼摆在别人都在你不在的地方
正午，活人的想法来到三张旧羊皮上
隔河相望　齐声乱唱　怕谈以往
我的母亲她空梦一场
究竟你被什么人
做成了我此生的一块病

羊在山上时
你这北方窑洞中剪纸的少女
苦命人小心折起的一块花纸
你是痛坐于深夜水滴中最美的一滴
我的伤心是洒了一地

我视生命为神圣　我很失败
羊在山上时
天地良心我和你，咱二人在一起胡喊哩

除非是你，我跟别人在一起不会
那云在天上是谁的事
那出门在外是什么人的歌曲
人们把红纸贴窗的地方叫村子

1993.4.4

倒春寒

三部半线装的北方春色使我默坐
一帘杏雨飘疼了天涯，缤纷落英
把风举过栅栏前的七块黑铁
双手抱向枝头：谁嫣红？谁寥落？
谁人独在柴房，逐一朗诵了
心上人摔碎的六十四面古代明月
你的眼神在风中摇曳
使星辰归隐、众马深眠
我毕生的凝望晶莹得无法滴落

深刻始自于倒春寒抵达双肩的一瞬
做天涯回眸状的最后几片薄雪
洇染你银蓝的眼睫
如果我能将今日的回头一望
轻描淡写，抚进子时三刻
你就是灯下一生中那疼我最深的段落
并且知道谁最该在我内心深处踏雪
终生无须归来。失手时从未有过的平静
使我被另外的名字握了又握

从那人的咳嗽声中
信手拂落一层瓷器的光泽
如同从风上掸落层层花影
一炷冷香高不过落发纷纷的三首老歌
掉转旧有的感受，面对三部半北方春色

我默坐有如花开了一天，然后雨下到半夜
半夜之后啊，你为何
仍还怀抱着我单衣四顾的无边岁月

1993.6.18

不是我，是风

大风吹到东
一桶清水的早晨
爱我的人
在六块银中濯发净身

大风吹到西
民歌里的玉
端坐于五张豹皮上的半粒佛之龋齿
以及你和你的身体

大风吹到南
泥塑菩萨走出寺院
四捆青草误入羊圈
你的乳房使骑马而来的这个秋天
近似于浑圆

大风吹到北
心事一轮回
天将黑。那个谁
三声咳嗽抱住裸及腰身的一次爱情
已然入睡

2001.6.5

雷阵雨

杂布琼草原的午后。一匹马尚在途中
最后离开的鸦群，突然引爆了
危如累卵的满天雷霆

最后离开的七只乌鸦，七架
雨神自带翅膀的黑钢琴
把点燃的雷声掷向了羊群中
注定要在秋天到来之前受伤的
第一个男人
（追赶季节的豹子已经替他感到了疼）

一匹马尚在途中。而好女戴银
银在闪电镀亮的雨水中奔行
一路上扶起风敲劲草声、爱情跌倒声
完全不同于雷霆万钧
此前曾停驻在一座寺院的上空
发现人间尚有大寂静可以禅悟逾恒

而乌鸦或者雨神的黑钢琴
也把雷声砸向了永恒

1997.1.15

秋凹夜凸

又是秋深时节
裸麦还家，牛羊已乏

夜幕笼罩四野，最后合上经卷的
是三个结伴游方的喇嘛

就连村东打麦场上
歌舞也已散去，篝火将熄

只是西去十五里
是谁在浪唱

——花样年华百样草
　　只有央珍的奶子搞不了

其实，百样草，百样好
这个村长知道，巫医神汉也知道

我佛慈悲
白塔悄立

今夕何夕？怒江左岸的雪山，高出藏东南
一个熟睡的古村落，依旧何止于十丈七尺

平明时分，适逢残月初照
竟然照出时间深处

正有一人一马，莽莽苍苍地
尚在迟疑，要不要走下人间正道

而三分零九秒之后
一只来世的鸡，即将试啼

2009.11.7 于北京

悉心照看

默坐于辽阔的草原　伸长脖子
一遍遍伸长看四季变化
愿我的马匹和真实的牧区生活在一起
惊异于我最后的努力
只有你和那些早已过去　而又
陆续转过头来看我的夏天
才会在意　我如今
该具有一张什么样的脸
与能把嗓子喊哑的怀念重新晤面
其实　我这样照顾我的马匹和记忆
已历时多年

多年以来　我想让自己
像最后一抹落照那样斜倚着马鞍
手拿帽子　致力于以牧人的目光
修复我面前荒芜已久的傍晚
那时大路朝天　月光铺地
马们昂首多年的声声呼唤
陆续被风吹断
马帮在最后一刻　将为我留下
一些自己使用自己的时间　布匹和食盐

只是　轮到我该怎样结束一个
压在诸多过往旧事之上的白天
所谓夜色低矮　在暗处失败
而我正打算熄灭篝火
熄灭我一生对草原和你的深深热爱
用低垂的夜幕和半幅睡眠
将自己轻轻遮盖　永远遮盖
可既然我以做人谋生　平生
经历过数不清的离开和到来
现在却不得不承认
有时人必须深深俯首　温柔地悲哀
就像一段马腹　漆黑地盛开

就像一匹分娩中的美丽牝马
强忍疼痛向黄昏致意
在含泪的眼中渐次读出
山长水远　碧草连天
一天和一年之间
只隔着一层薄薄的黄昏
营地的马匹　此刻
正站在暮色边缘
它们的宁静与剽悍　使我
终于能将大多数不容易走遍的
辽阔夏天　搁置一边

现在　即便你们顺便路过草原

也不妨带来各自的一生

交由我悉心照看

1992.1

关于白马

这就是白马蹚开正午的原因
脑袋搁置于二月附近
我已决定只做男人、女人和好人
你纤冷的花茎上
停着我芬芳细小的灵魂
自有长风拂过百年盛事
自有深深浅浅的农历月份
辗转不计丰歉的收成

而我的马明亮如宽敞的前厅
你轻绞十指端坐其中
忍疼唱出了一朵流云的去向和它的轻盈
黑狸猫的前爪才刚蜷进农业和黄昏呢
你就是那帮着站了一季的麦子
回家的母亲
一把积雪和阳光的裂痕
使未曾谋面的朋友显得凄楚迷人

而今高原沉浑
一份不由自主的心境
水声濡染众多的眼神
我的嘴唇，一只候鸟的心
也是我同时热爱生命和你的部分
想象五谷纷呈，置身于遥远的事情
我独自咽下一片伤痕累累的寂静

并摸出整个冬天离开自身
一大片雪野上
白马是我唯一喊不出来的声音

1990.2.7

水命

1

水的命睁开水
发现所谓孤独
不过是一张风干的猫皮
分别糊成的三盏歪灯
两个黑灯瞎火的老情人
如今举着它们

猫皮照出水的眼睛
今晚我比你们
睡得更沉　更哑　更聋

2

把半个月亮在水中熄灭
另外半个拿在手上
不动

有人打山腰处走过
有人盘膝坐在树下
听我隔年的旧心情
脑袋里洁净的木叶簌簌有声

没入水中。所谓月亮
通常并不只照我一人

3

部分月光盛在水中
部分百感交集的马匹
饮下月光回到岸上
一个食花饮露者是一个馊主意
散开在伤感的篮子里

而篮子没底，漂在水中
且手执三两枝开败的胭脂铅粉
满把的伤心于轻握中悄悄地笑着

及至移坐井底，满脑袋天光云影
连同一昼夜辘轳急切上下的声音

与往日不同
眼下我正试图弃置身心
拨开一切水面，摸黑切近你们
自秘不宣的隐衷抑或一生

1992.4.9

新闻播报：雪灾，截至目前……

截至目前，如果堆积于岁月之上的落雪
继续一层层加厚，难免会感到，防寒服竟也愈穿
愈单

而日子，真的是越过越深了啊

气象台预测：今冬华北大部，仍会缺雪
然则远在藏北，每有天气酿雪成灾
所谓苦寒，于畜群和牧人而言
便会即时脱离词典，翻山越岭，直逼眼前

苦寒如刀，一点点剥去了阳光之暖
以及松石之绿，甚至会将去往佛塔的那一程
湖光山色，粗暴地冻毙，再一次次截为几段

剩下的就只是盲云哑月，度日如年
如同我在人间，差点放弃的一个近乎绝望的想念

——曾经有佛、有你，安坐其间

白马的头上仍罩着一个呵气成冰的早晨
令人凛然意远。但我已知道
要给自己整理季节和人生的时间

但是，且慢！即便这个冬天
以及它的冷，深可过腰、没胸、齐肩
即便所谓岁月的真意，深过很多人的内心

冻土之上，鹰飞之下
仍会有不止一棵根系完好的枯草
高出整个冬天乃至一世人间，至少三尺三寸

外带截至目前，此次雪灾，总计历时七七四十九天

2009.11.6 于北京，删改旧作所得

想象独居

独居的日子让我体会博大
唇齿沉静，布衫整洁
怀揣琴音如烟的瘦心情玉立松庭
或者面朝暖冬的一隅静静写诗
写梅腮绯红的伊人
用半支口红点染一片远云
当波斯猫跃上半首钢琴练习曲的双膝
玫瑰的一吻抿住疾病的时辰
整个状态远不似一位古人

独居的日子容易让人遥想平生
一只游隼拍空而去
三两只雨燕直抵心灵
半盏茶叙使一带远山淡到了无限
多年不见的旧面孔再读起来仍有些生动
萧疏的竹影，叶喧如雨的黄昏
常只是借一杯薄酒摆弄自己旧有的眼神
当汹涌的蝉鸣再度盈满袖口
舌尖上好像还立着隔夜的聆听
像眼里的初衷、去日的爱情
使我渐去渐远如一场空
命也嶙峋，笑也嶙峋
只因在回头一望中，我的瘦　如梦

千日莲绽放独居的一日
午后的静物是零乱一地
多少次我口含哀恸之花未开的芳名
却无法掉转心痛的事实、泪落的原因
偶有一回我把整间屋子披在身上准备出门
通常雨总会先我一步回到家中
我却仍不肯移开苍冷的面颊上
那方寸的晴

有时我缄口不言是为了保持
我被岁月凋零的事实相对完整
额前叠印着稀疏的树影
眼角便有一夕皓月朗照肺脏
十颗隔世的星星默默运行
带走我尘倦的灵魂如带走灰尘
恰如花露濯足，碧草锥心
故人的一次造访使天下的石头泛出青色
有时我掷笔于案
四周便会溅起玉器的声音
一如独居常只是想想而已的事情

1993.5.28

辑

六

向鱼问水

向马问路

向神佛打听我一生的出处

慈航

（新谣谚体）

1

三只小白羊衔草入世
两头花豹子身苦如玉

鱼来燕去，草原历历
人间的轮回多半闲置

我前世的热身子啊
冷落了今生的你

2

半日青草的面庞和腰身
远隔头生儿子
听见九眼泉水叫门的声音
类似大半母羊携美撞钟

谁的一夜无眠做了你的伤心

3

我见过一个密宗修行者
坐在漂浮于湖面的一片树叶上
夜夜朗读内心

我知道有人能够进入我的梦境
并在梦中把我的灵魂
带去远方旅行

4

世人都在呢，你去了哪里
诸佛都在呢，你去了哪里

所谓悲欣交集，通常只限于
黄昏被一匹病马的身体压得很低

5

水声入井姊妹净
刀敲落草青海东

法王做了牧羊人
马卧深秋身子轻

无边岁月中，谁是那个
被我白白疼爱半生的空空背影

6

我在人间找你的过程
真像是去茫茫宇宙中投胎

为何我每次来到世上
你都不在

7

一马一生涯。时光之马
遥念开遍山南的灼灼桃花
美如白拉姆女神的粉红色面颊

记忆，欢迎回家

8

我之所以有时哭泣
是因为百世轮回中
你我之间常常隔着茫茫人世

9

仁波切：珍贵的人
肤如羊脂腰似草
让我的一世零乱和伤心无处可逃

而你是大道，一个女妖

10

羊羊羊，相爱在高冈
正在经历一场雪灾的世人
横渡苍茫

马马马，盲婚哑嫁
隔山互念、遇水相忘的
亲亲的咱俩

11

天天天蓝。人间的面
见一面少一面
古格姑娘依旧腰身如箭

羊不见面马见面
佛不常见你常见
不弃生死，不离涅槃
一年又一年，一堆破门板

总有一次鹰飞会让我们泪流满面

12

胡天胡地胡马
一队去往新疆，两匹远在拉萨

我把人世认作家时，你去哪儿

然后才是旧时胡笳吹疼了天涯

13

四月裂帛

时日跌倒的声音

14

羊角儿尖，牛蹄子圆
无事不到你门前

类似满脑袋月光误闯羊圈
美好人间，空余一世零乱

15

一筐巴珠连夜运走
两只小手反目成仇

此间我命堪忧、匹马奔走
此间井水念旧、天下大愁

16

强盗妻子的短暂忧伤
婚姻睡坏的半个心跳和肩膀

情歌内部的永恒宝藏
隐秘对称的乳房和午夜月亮

17

白猫儿跳在藏柜上
黑猫儿蹲在腿上

象雄古国，七个帝王
趺坐于当惹雍湖湖面上的七万吨光芒

铁石心肠，如何安放

18

穿花戴银，为爱裸身

马蹄带铁，可消永夜

19

三块藏银四两油
疼死个人的嫩肉肉
稳坐心头

爱情一堆你一堆
小小羊儿为了美，排队饮水

心上人顺流而下的
一团心灰，伤了羊的胃

20

因物赋形，佛渡有缘人

众法器一副丰乳肥臀
百万僧众与你预约来生

21

入夜饮马，黎明磨刀
世事如乱草，茎茎催人老

岁月飞跑，一把短藏刀
我一生的好时光引颈就屠

22

良夜良人与时俱黑

半宿心疼为你裸睡

23

风寒伤身，水寒伤心
大地寒凉动骨伤筋

一个人在天空中种下自己
却在我的命里留下了深坑

24

身娇肉贵。鸟飞即美
鸟有一个统一的地址叫飞

当年华老去，我能否
从一生之中择出三次鹰飞
摆上你家碗柜

25

一株青稞俯身问询
两朵格桑探头亲吻

亦农亦牧亦新婚，两个旧魂灵

谁是这世上我最该见面的人

26

夕阳如妻，儿女似鱼
作为一瓶饮料献出的身体
我打算褪尽人形，做你心爱的戒指

只是，那泱泱大国中被损害的佳丽
因何为谁穿戴着我前世的肉身
以及青稞和菩萨的香气

27

佛来自印度是受人拜的
你活在世上是让我疼的

疼不好，瞎疼

像木头疼火，鱼儿疼水
两双短藏靴疼一次后悔

28

三眼笨泉水遍饮天下
香日德小镇：爱情和一枚虫牙不能自拔

为藏医药典所秘传的藏红花
是大自然女士的漂亮指甲

现在光棍门前寡妇盛大
乳房开口说话，满嘴大金牙

一夜青草是我的命价

29

没有永远的仇人
只有一世的朋友

谁能把神灵带回家去喝酒

30

牛吃盐长力，羊食盐增膘

随风入草，好女惜腰
腰珍惜着良夜良人的亲切怀抱
我只枕着你的三声咳嗽睡觉

当脑袋去晒盐时，请脚走好

31

藏式土掌房，一花一天堂

山羊绵羊都是羊，菩萨心肠

抬头仰望，别浪费了月亮

32

远方如病，病入我心
此心此病主要由你构成

凡药三分毒。一大堆歌舞和幸福
面壁观修绿度母

大静似鼓，擂我肚腹

33

重死不重生，重情不重命
马帮驿道上的赶马人

小小法铃赎来你们抵押已久的神灵
以及我的一口袋病容

34

你是马，你是天下

你是寂寞巨大
忽略了众生的生死和下巴

35

好铁不打钉

时无喇嘛骑桶飞行

我和生存一荣俱荣
我和死亡一损俱损

36

时无深浅精神短。迎送生涯
你和一个独眼兽医的短暂春天
挤到我们围坐的火塘边

点灯入夜，我原打算

与四只半老虎的命运抵足长谈
孰料其中半只没穿虎皮
且敬畏闪电

37

那山岭奔行啊，树木飞驰
澜沧江水陡涨三尺

本教法师的咒语被雨淋湿

38

向鱼问水，向马问路
向神佛打听我一生的出处

而我呀
我是疼在谁心头的一抔尘土

一尊佛祖，两世糊涂
来世的你呀
如何把今生的我一眼认出

2004.4 于北京

向神的一日

牦牛的犄角渐渐弯入正午
夯筑新墙的人们歇息下来
风吹得多么郑重其事

雪在山顶真好
水在湖面真好
两只隔世相望的雪豹，于静默中
相互认出了站在对岸的自己

总有羊群很白地到来或者离开
差七块整三千的玛尼石对面
首先是寂静，其次
刚好有迁徙的鸟儿路过此地

阳光洞彻肺腑真好
天空蓝及灵魂真好
透过一次鹰飞，我可以看见那个在佛塔下
诵经的人，久久地停留在向西处
这时候，应该已是秋天了

草绿今世真好
花忆前身真好
于芸芸众生之中，被你痛惜地爱过真好

其间，作为一个注定要与时间结伴偕行的旅人
我正等着和山坡一道从苍郁走向荒芜，然后
艰难地返青：唯愿能与你和天地万物，邂逅重逢

2008.5.12 于北京

朝圣

哈达飘飞
长的心情短的命
跟你去朝圣
——羊儿不要送

两顶黑帐篷
千山万水花为枕
风吹草低见情人
——铃鼓声声

十万法轮
不虚此生一根筋
拉萨好多人
——无缘对面不相认

而世上的你呀
你是我在神佛面前的
一口袋心疼
——医不成

2001.8.3

大雨将至

整个天空，任由大块的云彩胡乱码放
并且，越来越厚重

阳光，被很快捆扎成钢筋般密实的一束
再舞台追光那样，直愣愣地戳立于大地
介乎明媚与灿烂之间

那一刻，举世安妥、宇宙悄然

恍似在第一排观看造物排演一场大戏
其间，我曾感到敬畏、空虚
然则无法形诸言语

而大雨迟早要来

适才听到远雷隐隐，大风已然陡立八尺
将我乃至整整一面山坡，撕扯住不放
试图要将一切，都变作自己手中的利器

但例外也是有的。一只在逆风中
坚持自己还是羊的小羊
也在坚持其惯常的，庄重其事
对待这个世界的方式：它探头
把一株被风连根拔起的青草拾入口中
认真地咀嚼着，再珍惜地咽下去

似乎对一切都还感到满意

而大雨将至

2010.8.15 傍晚，于北京

新年帖

天是得寸进尺地冷了
冷是呼天抢地般深了

心下自苦的人，开始变得谨言慎行
仿佛这是前定入命，无可推拒的部分

有太息声，落雪似的
铺陈一层，复又叠加一层

偶尔有羊来去，裹着厚重的风声
只是做着羊该做的事情

枯坐室内，我已习惯于把手放在手上
就如雪在窗外，始终就想投身雪中

这个世界，知道有你好好地在着
活着、健康着，我会比较满意和安心

为此，我要再次谢谢天地菩萨
都冬天了，还得愈加顾惜我们大家

我也要额外祝福一个，仿佛是故意
缘悭命蹇，令我迄今无从谋面的半神

只因他若把我的一生披挂在身上御寒
按说，比我本人穿着得体且好看

这是理应辞旧布新的一天。想想自己
即便瑟居如常，也已混迹人间多年

待到独自入夜后，作为对活着余兴犹重者
我会以诸位予我的遥问远念，慢慢下酒

间或我若停杯不饮，大致是怕浪掷的流年
与愧对的河山，再度将泪逼出双眼

2008.12.31 初稿于北京
2020.2.24 改定于新冠肺炎疫情期间

两个人

意气未锈
老友见老

一壶青稞酒
两把短藏刀

提刀入夜星月小
世事暗处肝胆照

酒虽醉了人未醉，况且
很多心事还在灯下醒着

休言生死尚无着落
不妨暂且对秋小坐

2004.4.28 于北京

坐在藏北无人区一块苍老的浮云下，想念女儿

女儿，我现在是在世界最高处
坐在一块苍老的浮云下，想你
像花儿想念身体，已知想念未知
像作别歌舞劳累一生的丑妇人
想她亲爱的银戒指

或者我像一封信想念一个地址
三滴水想念格萨尔王时代的一条鱼
而那水其实就痛坐在高原一片含盐的湖上
你是羊儿肚子里终身秘而不宣的一块玉
基本与我唇齿相依的月亮和纸

女儿，那是我在世界最高处
我把雪山放下了，我把自己放下了
只是坐在藏北无人区一块苍老的浮云下
把你那神佛和经卷保佑着的小小名字
轻轻含在嘴里，并始终保持着人间
一个为人父母者应有的姿势

1997.1.8

另一面　另一边

地图结束的地方，时间的另一面
永冻层之上的大地，普遍高寒
草们都绿得专心致志而又不甚规则
迁徙中的藏羚羊，因不忍轻易碰触到永恒
任由自己秀美的犄角慢慢长弯

这世界，这世界无你不欢，有我更难
在亘古不变的天空下悬停：鹰，以及什么

路途消失的地方，人生的另一边
山川何其粗粝，鱼雁寂寂往还
而四时轮转，呼啸而来又呼啸而去
如风吹过我，继续去吹那无边无际的辽阔
偶有一只失伴的白鹭，低低地飞过

这世界，这世界有我不多，无你成缺
在苍杳静好的大地上默坐：谁，最该和我

2008.6.3 于北京

在长江源流沱沱河畔

河源日月小
风吹格拉丹东的黄昏
也吹玛尼石上那两只
为十万雪山所俯身垂对的
藏羚羊犄角

大荒若磬；寒冷似刀
——当年淬火时
曾经烫哭了一河之水的那把藏刀
风也吹得一茎草叶上的虫鸣
渐渐锋利起来

作为自然界
饱受缺氧和紫外线摧折的细腰
草们毕竟是绿了
那扑面而来的大静
依旧是风啊

独对长江之源
人容易脆弱成一声浩叹
而牧者的沉默居然有着金属的质地

风吹雪域格拉丹东
顺便也吹一吹我那谈不上贵重
却也不得不随身携带的一生

其实这风也正吹着大江源头
一匹庄若日暮的红马
一如当年，它也吹拂过
王者赤松德赞的头发

2001.6.7

宿命 20 章（节选）

*

怀揣生死手提刀，豁出性命和你交。

命非好命，刀是宝刀。

*

阳光飞溅，大风砌墙。

犄角惜羊，头抵远方。

*

今生何生，往世何愁？

玛尼堆前一个旧生灵，在喝酒。

喝的是北京空运来的二锅头。

*

美好如刀，大静似草。

一种比危险更险的香。

身刚刚离开家门，心已在翻山越岭。

*

绿染天涯，四野茫茫。

羊牧众草，众草牧羊。

风吹水响，一吻成伤。

*

一物一庄严。

草香惊马，花开移砖。

一生零一天，长逝不返；

月亮七个半，要你好看。

*

身体补丁，心灵补丁，一个春天做了我今生的补丁。

来生啊，请凭这块补丁，认人别认心！

*

郑重度日，似读经书。

面对挚爱，如见佛祖。

2006.10.10 于北京

初雪随想

清晨，今冬第一场雪
悄然降临地铁四号线刚通不久的北京

暖气还没有来。我在室内，披着厚实的
冲锋衣，在电脑上敲下一行字

"不过才刚刚开始，仿佛岁月已有些深沉"
这时，窗外，六楼之下，便有私家车发动引擎

酷似甲流感染者高烧后的咳嗽般
惊失了首都这个落雪之晨脆弱的安宁

我听不出，动与静，车与雪
到底它们哪一样会疼这个世界更多也更重

也是初雪之日，远在藏北
时间泛滥成灾，空间却可能泱泱乎一派大美

羊群噤声出牧之后，落雪很快拭净了它们的蹄迹
大地之大、之静，任谁也心生敬畏

就连一匹失伴之马的逆风独行过程
也是郑重无声的，仿佛是在踱回自己的内心

尽管时至今日，我已很难在藏北的一匹马，和
北京的一部车之间，存下所谓小异而求得某种大同

只是，天下落雪初定时，确曾有一种静美
一度弥合了地域，贯通了古今

2009.11.1 早晨，于北京

西藏的动与静

藏北门前，众马拾草堆起秋天的声音
雅鲁藏布江边，时日渡河溅湿众生的声音
以及日喀则郊外，马帮营地废弃的地方
天空中停着三片高出黄昏的火烧云

药王山下，经石艺人将六字真言刻入石头的声音
望果节之夜，爱情在色林湖边为一个人咳嗽的声音
以及去冬今春，自治区救援车队
自那曲雪灾中运走的八十万吨寒冷

还有帐篷小学，孩子们以藏汉双语朗读春天的声音
高原反应严重的援藏干部，拆读家书前的片刻凝神
喜马拉雅峰顶，登山队旗帜抚拍苍穹的声音
以及大法会上，歇卧在众僧祈祷声中的一小段虫鸣

……雪域西藏，唯你是人间之大动与大静的结合体
一动惊世，静则在我心中

2001.6.13

可可西里（之一）

浩荡天风裸立于高原
鹰，一座翼展不足两米的肉身天堂
使我仰止如谦卑的羊只
（始终不忍将一轴唐卡般缓缓展开的藏北之秋
拾入唇齿）

那使众草匆匆赶来人间的力量
也曾使头枕可可西里的三千藏羚羊尸骸
骤然渴望开花了吗

（据说雪线仍在无可避免地上升
而千万年过去，牦牛依然奋蹄于前
渐成图腾……和雪豹们的盛宴）

是季节本身将一个新问题
横陈于负经出行的老喇嘛面前
那是些裸臂执刀的骑手们的朗声浩叹
——有谁知道该将眼前这个秋天
是移入羊圈还是带往寺院

这可是湖光映我
如映一只牛皮船和半个庆典的秋天
也是四枚绿松石向俗世的胴体
垂挂你一生秘密的秋天
（草香曾使七匹雪豹为此折腰）

青稞黄熟而阳光无锈

2001.2.1

可可西里（之二）

最近几次小范围降雪，似已有些捂不住
这场方圆八万三千平方公里的大静

青藏线上，钢铁的脉动中
摇曳着护路工娜珍腮边两朵藏红花的红

距此不远的卓乃湖里，游鱼依然如刀
它们伐下水草，举吻筑巢

此前，曾有身披一袭浩荡天风的牧羊人
立于河源，双手合十

其时，出自一场葬仪的鹰群
正迅速抬升着天空

而迁徙于山脉分岭处的秀美母羚
仍在埋头跋涉它们未知的命运

2006.7.19 于北京

老家

老家是个小地方
我长到十六岁半离开了它的东窗
记得夏天的树影和月光
总是投在窗纸上
而眼下老家已盖了楼房

我离开老家的东窗
就再没见过老家的树影和月光
在外面念了四年大学
总想念老家的月亮
有些事情因为想不通才一个劲地想
有时候懂了也晚了
树影和月光仍在故乡

树在故乡才摇动
月在故乡才明亮
我现在不在故乡
明月使我回想不尽
老家的东窗
和东窗

1986.6.26

今春山南：你在哪朵花中，我在哪棵树下

今春山南
三万亩桃花一并盛放

世间的草们都还绿得很是辛苦呢
山南之春却已势不可挡地到来了

手上事比天下事一次次地紧要了
身边人比全人类一天天地珍贵了

虽说桑耶寺的僧人，仍会把日子
念诵得古老且悠长

然则一花一菩提，其实一人一马也是
这个春天似乎并未缺斤短两

只是，蹚开花香去饮马
有我吗

或者，跟着佛陀去赏花
你来吗

那粉红、稠密的花香啊，曾令
三支过路的牦牛驮队为之怅惘

彼时，春天的外面基本没人
彼时，春天的外面甚至没有咱俩

独我一人自执一命
背靠寻常的一日，在发呆和想念

想你可能不在桃花树下
想你可能是在桃花的心上

此际天堂九朵云
要么辞花成果，要么零落一地

2009.4.16 于北京

两匹白马跋涉一片月光

这片宁静中凹凸不平的夏季
一点儿月光滴入浮向卯时的陨石
被两匹白马所徘徊的记忆
在我心深处已渐渐翘起
有如寂寞之上的一小片瓦砾
有时顺着墙壁你就能摸到回忆

这片绝壁之下陡峭如往昔的夏季
月光茂密　决定了我选择深夜的方式
两匹白马一次次白向另一些日子
我头枕深埋于民歌中的黄昏
不近于醒来也不远于睡去

等到白马翻过对面这片月光
我的左手就到了另一些夏季

1990.8

路过时间深处

当金山口远在去年九月
当时有只鹰在空中停着
九月一过我们就开始琢磨
去年九月我们经过当金山口那阵子
鹰怎么就停在空中不动了

似乎　是九月就经得起人类反复消磨
况且去年九月有鹰在空中停过
鹰仿佛是停在了整个九月

不记得曾经有多少只翅膀盘旋过我们
后来不盘旋了　后来
我们对于九月的印象就长过了忘却
就是去年九月　由于一只鹰在空中停过
九月的意思便深了许多
意思比我们当时跟随马帮
经过当金山口那阵子还深　还要深
这常常令我们无话可说

九月深处　鹰究竟代表了什么
这个问题至今困扰着我们
曾经一人一马
埋头跋涉过的那段山河岁月

1987.4.5

猫的故事

猫的故事
麦草粘在头发里的故事
头发飘在爱情里的故事
爱情里布满了好看的牙齿

不要到麦秸垛上去
哦，别去

一把黄土碎成千万个你
千万个堵在胸口就受不了的什么东西
年轻女子在揉皱的床单上摊开自己
猫的故事。猫的
故事里情人来了呢

不要到麦草上去
麦草会使坐在上面的人漫无边际
只是猫可以去
猫儿一去就已不再是猫自己

1987.10.16

完成

雨声消失。以手抚琴
而琴需要弦索寸断
才可以完成一次伤心
那伤心就这么诉说了寂静
而更大的寂静
将同时被琴抚进我的内心

正如农耕完成了一块麦地
畜牧完成了一匹马的负重远行
可那马在临风落泪呀
正如三次流泪
便构成了我们在入冬之前的一次感动

九月鹰飞
完成了一片头顶上的天空
八声鸟鸣
完成了三处只有一棵树的风景

正如我的一次回头
竟复制了一个人的背影
你的四次凝眸
却模糊了我一生的爱情

曾经有过的一夜
陆续完成了三盏纸扎的灯笼
说尽所有台词
终于唤醒了睡在众人手上的全部掌声

正如烟抽到一半
便完成了回忆那人
正如信写到八封
便结束了许多事情

我被众多事物所完成
最终将回到一个人的内心
光实在太亮。谁和什么
就这样完成了我的一生

1993.3.29

辑
七

第一场雪悬而未决
却命中注定

如将至未至之事
该来没来之人

拟刚察民谚

青稞爬上山冈
五只羊，卧在大地的心上

天葬用剩的晴空寂静无鹰
四朵云，飘得司号喇嘛头疼

晚些时候，在大通河面混了多年的老阿爸
将身背祖传的牛皮船回到刚察
三片瓦下，泪眼看家

如是我闻：康区的塔林德格的经
而作为"得人身者群中的最可宝贵者"*
心上人，你是世上的一阵好风

民谚云：马好不在快慢，驴无志气精神短
刚察六日，我听见众口争相传念
"山南两座寺院，人间半亩秋天"

2000.6.20

---

* 藏传佛教大师米拉日巴语。

一只鹰的午后

喀喇昆仑山北麓，一个翼展两米
且被呼呼的大风，愈擎愈高的午后

天空钴蓝色地晴过，两次
一次是为芸芸众生，另一次则专门为你

偶尔有羊，陡峭地到来
或者，很白地离开

正如有人经由川流之水还家
也会有人通过凝露之舞辞世

面对雪山之下，比那些荒寒的草坡
更多的东西，我似乎必须身心如一

当三声鹰唳，自高空直落深谷
我在人间的一个午后，刀切一样地结束

2008.5.28 于北京

先风后雪

先是风刮了一夜一天
但到底是哪一阵风过
令我倍感此生单薄，行止无措

继而雪下了一天一夜
且问你更愿意在世间的
哪一寸深冷中等我，哪怕片刻

2010.1.4 晨，写于北京今冬第一场大雪过后

半句话

话到嘴边留半句

半句如妻，娶进命里
在甘南草原，过着表面看起来
与别人没有两样的寻常日子

我似乎就愿意这样
与半句本想对你说出的话
做盲婚哑嫁的一世夫妻

仿佛芸芸众羊里毫不起眼的一只
却在自己腹中小心藏起一把刀子
既不会轻易示人，也无法故意忘记

羊肥羊瘦干卿何事
况且，草绿草黄俱往矣

这世上，至少还有半句
始终没能对你说出的话
在陪我老去

2004.4.28 于北京

腰

风大欺草。暮色像块越来越重的石头
压着花儿的腰

有人自湖边刚刚背水归来

其实花儿的腰也可能是
摆放在菩萨家中的三声鸟叫

而鸟叫基本无腰
只有无尽的飞暂时收拢起羽毛
陆续还巢

类似在草原上走动了一天的母羊
已把各自的腰身和乳房
纷纷搬运到咩咩待哺的儿女身旁

此间，鱼儿的腰
始终蜇居于湖水的怀抱
它们比我更想在爱情里歇自己的手脚

其实芸芸众草，也是藏北的春天
卧向今晚子夜时分的千万捆美腰

时候似乎已不早
即便当雄喇嘛庙的守更僧人
查看完藻井，也已在灯下沉沉入梦

他把灯无意间提进了万物的内心

尽管时候真的已不早，两身旧藏袍
还是会从世上摸出一段未眠的瘦腰
今夜，它只肯独自为你一人醒着

人间欠我何止一个拥抱

2004.4.24 于北京

有马的村庄

有马的村庄
花朵和正午歇在水上
如同我喜欢停在我这一生近旁
手能随意摊开在一些事情上
如同手能随意存放在这个世界上
蔬菜　雨水　善良和你

多么洁白的小羊　多么洁白地
踩在不由自主的地方
我把自己从天空中收回
有马的村庄
鸟类像一些娇小的纸盒摆放在树上
这样的季节我听着耳熟

麦地里站着生长了一季的阳光

两只手要不是一双
我便不必如此安详
你又密又长　来到
妹妹们围坐的五谷中央
我的死亡一直褪到你细小回忆的腰上
像一次短暂著名的漂亮
分坐在村庄的三块直木头上
被爱情中的七颗黑痣所收留

要摘下两滴红唇做我的新娘
在有马的村庄
仿佛玻璃果核长而纯洁地
停在一只雌鸟的肚腹下方
你要留在离过去最近的那朵花上

在梦中　我继续梦想
那蹚水而来的人们
共享一副九月里不可多得的深刻表情
双手剥开菜心内部
一片长有虎牙的水井之声
自锁孔中插进我这一生的秋天转动
打开一只灰贝蝶的美丽文身
啊　有马的村庄
脚踩在故去的月光上又白又响

1990.2.17

今夜月光

今夜月光，骑在马上
跑遍草原
今夜，月光白净的身子
行经人间，拨开草丛

仿佛白羊妹妹，怀抱初恋和乳房
来做贫愁人类的新娘
她的第一眼注视，便看瞎了
我苦心经营一生的羊圈和秋天
她看得我衰草连天，一无遮拦
她通过普照少年人打马涉川
和宿鸟们携带家眷，朗照我的肺腑
如同照耀雪山脚下的一座千年寺院

我原以为今夜的月光新娘
坐拥百万牛羊，但她只是拥有
对面三座佛塔下的一堵矮墙
她怀里的嫁妆并不多于
我今夜背负的短暂忧伤

今夜，月亮的车马奔走
月亮的山水还乡
我愿月亮家具摆满大地
儿女想念父母，照料好
自己的婚姻和健康

我愿你有一个白羊妹妹
她的美丽比财宝贵重

夜半投宿在月亮牧场，我将听见
整个藏北今夜月光高溅，大风敲墙
只为叫醒七块圣石和一个藏王
今夜，微温的山坡上除了牧人的新婚
谁还会与我一道披衣坐起，身如水滴
张眼目睹众草抱羊，而羊抱远方

在远方，比月光更加白净的身子
并不多见；月光的身子
通常身着藏装

1997.1.7

偶发事件

亘古藏北，地阔天广，久对易悲

有匹马，于运送青稞和佛像的途中
攒蹄停下。它在想，如何能从自己的
皮肤里直接蹦出，就地开成一朵花

事发偶然！远因近果，疑似无端

有时，一个谦卑生灵突如其来的
绮思丽想，或许微茫且渺小
也难免会令整个世界，为之一阵困恼

何况此际，时已入秋，皓月当头

2012.7.3 于深圳

或者

两只白羊，兀立于大风抬走了草色的山冈
或者，羊是白白地站在大地的心上

一支牦牛驮队刚刚离开村庄
或者，驮队正在走出当琼草原一年中的一天

早课之后，寺院里的喇嘛们合上经卷
随后到来的大静，让我似乎听到了
天堂里的一滴水响
或者，众水之上的一滴天堂

阳光砸在地上，其实很强
阳光甚至把三次鹰飞直接刻进了石头和金属
或者，我在藏北游历并想你的时光

把草原的还给草原，把世上的留在世上
最后离开时，我甚至会捡走自己的影子
或者，只剩下爱你的简单想法在我坐过的地方
该长草长草，该开花开花

2004.4.27 于北京

佐地荣草原之夜

大地如水
大地今夜如水
厉风吹斜山冈
月光上漂来两座
浑身草香的高原牧场
我感到牧人的婚礼上
有位我不认识的半神
在点灯和敲钟
三位民间哲人带刀还家
云朵的门内，藏下一群
引颈想家的喇嘛

其实，巨鹰飞尽的天空中
今夜空无一人
星辰陨落，类似一个
故世经年的朋友折返人间
深夜叫门。我似乎漆黑无形
满脑袋伤悲，像湖泊抱水
停在八块圣石当中
眼含草色断绝之处
长逝不返的庞大马群
又让一只逆风而行的羊儿误入内心
她的洁白酷似我的三封旧信
半个月亮正在策划一次
天堂内部的雪崩

正如马梦到下雨，鱼梦见火
在雪山脚下，我让
九十九座寺院门庭洞开
只为迎候一只遁迹人间的蹄铁
那更大的夜色中仿佛神在唱歌
"红马过河一片红
黑马过河一阵黑
今夜，大地上一个水做的妹妹
是谁"

而夜深了。夜比世上
一个爱我的人更加深了
是夜让我悄无声息地坐进一场大雪
把通宿无眠的半个轮回
始终拿在手上
拿在手上想念自身

1997.8.18 初稿

2001.6.10 改定

冬至

天慢慢地冷了
冷渐渐地深了

临水饮马，心总会凛冽一下
风前数羊，手难免寒瑟一阵

第一场雪悬而未决，却命中注定
如将至未至之事、该来没来之人

且添衣拾薪，先独自暖命
任阴晴无定，度世间晨昏

俗曰：漫问此生何所用
僧答：扫起落叶好过冬

2011.11.27 改定于深圳

岁月（之一）

拉萨一口枯井
渴坏了大小唱经喇嘛

山南一座村庄
住旧了投桃报李繁花

藏北一条大道
走乏了南来北往牛马

家中一张板凳
坐老了舍身抱命咱俩

2004.5.17 于北京

岁月（之二）

天蓝、羊白、草黄
在藏北，时日渐渐深凉

大风甚至吹剔了
弃尸荒野的一具兽骨

就连远在北京的街树
也真的是开始落叶了啊

季节轮转无休
时间永流不居

很想坐回远方
随便哪块云彩底下

重新拿起爱你的想法
并且更加深切地惦记大家

似乎，有些结果还未经说破
就如同部分开始还不曾抵达

这个一言难尽的世界
我也只是认真地来过

2009.11.2 于北京

当年，我在藏北游历所目睹的事物
（组诗）

无名河畔，一个回族淘金者

那里，距离早年间废弃的芒硝矿坑大约三十余里
一切都已发展到反面：近乎废墟之地竟也曾是美
景成堆的草原

河道被一再翻挖过的地方，新生的荒草低矮、稀疏
甚至遮盖不住正在到来的薄薄一层秋天

一个诗人做不了一个执法者，他甚至还要警惕滥
用语言。但传说
无数的淘金者曾经啸聚于此复又散去，我来时就
只见到他一人

正如每逢雨季便会浊浪滔滔的河床其时已近乎干涸
而时间和生存尚有剩余，但至少需要一个人的劳
作作为证据

我没有趋前致候，去问问头戴白色号帽的他，是
否真的挖到了什么
我猜想在那人的经验中，挖掘本身高于一切，况
且希望从不富裕

快速检索记忆，我该正确想起某首西宁新民谣里

有限的几句：

你说你，究竟是世上哪个尕妹的眼泪，又是人间
哪位母亲的心肺

而从我后来残余的印象里远远望去，当时那个
世上之眼泪、人间之心肺的剧烈挖掘动作，仿若
寂静

其实，他不过是把我在藏北游历的那个秋天
又徒劳地掘深了两尺

草原月夜，与一匹白马默默相对

本来，一鬃翻动则万马悲风。但此夜
我在月光下仅见的那匹白马，白净、娴雅得像个
爱人

只是，人间的爱人即便美如妖精也难免有颗忧郁的
灵魂
而那马，它只是偶尔折颈俯首，把头更深地垂向
自己内心

此前，我曾于某黄昏归途所遇的时间马队中，走
着半个剩月亮

当时我就想：它何时可以圆满，并照彻一个人的家园和肺腑

后来更浓的夜色果然抽象了路途，并用一轮皓月集中照耀一匹白马的
原始方式，与我默默相对，似乎是要我最好将生命的真相和盘托出

是夜，我感到一轮缺后重圆的月亮，绝对是在为一匹马着想
或者热爱，或者悲伤。而秋夜正长，而去年和前年也是一样

只是这匹马，不只静得像月亮之下一座肉身的天堂，它甚至白得
能将人间任何一个长夜分为两段：一半用于相聚，一半用于难忘

我一度怀疑：自己的一生曾在一匹马的身体里住过多年
或相反，有那么一匹马一直深藏于我的命运，但至今未曾谋面

倘果真如此，我其实更愿意那是一匹白马，正像我在藏北某月圆之夜

亲眼所见：它白净、娴雅得像个爱人，会令我心
软的黄金变得更软

记得当年我在藏北游历时就这么想
如今我人在北京，也是同样

那曲西郊天葬台的鹰群

我当天没能看到那些鹰振羽高飞的情形，尽管它
们生来就是
　　一部部散落于山野且长有翅膀的藏文版《度亡经》

当时，它们似乎是因为沉重始终耷拉向地面的翅膀
令我记起了我在人间用过的有限几把总会在雨后
收起的黑伞

我那些伞如今已下落不明，但那些鹰仍可能还会
兀立于原地
　　它们似乎比我更清楚，生存还是死亡，其实都需
要一个去处

而且，它们还有可能比我更善于等待
我此生只不过认真且耐心地等过有限的几件事和
几个人

它们的毅力如同它们的弯喙和脚爪一样刚劲猛利，
倨傲睥睨完世事变迁

再接着去等长于解剖和诵经的喇嘛们，将一次次天
葬送来

一阵风过，满山坡印有经文的白色经幡波浪般层层
铺开

那些鹰曾将羽翼一度次第打开，但又很快收拢起来

也许我的到来和观望令它们困惑：这个叫人的东西

他以为他是谁，到底知不知道自己衣服下面所隐
匿的真相

我甚至听到了它们沙哑且粗粝的叫嚷，在我的幻
觉中近似于

一只霎时化为齑粉的玉镯、一只失伴的藏靴和一
根裂为两截的腰带

在被风偶尔捶打或剖开的天空中

我听说这些鹰的翅膀，有时会高举至离天堂仅差
一寸

就如古诗所言"一寸光阴一寸金"里那样短暂、
宝贵的一寸啊

但通常，我们却不知到底该如何珍惜和动用那每一个"一寸"

记得当天晚些时候，我们离开那曲西郊天葬台的鹰群时

竟也忘了带走大家在藏北游历中所面临的第四十三次日落

如今我在北京的租住屋里写下上述文字，竟也深知

生存是一部经书，死亡则是另外一部，都需要长久地礼敬和念诵

最后的最后，唯愿雪域高原至今还会有一两只那种学名叫秃鹫的

大鹰，仍不舍昼夜地惦念着我终将白扔于斯世的短暂今生

纳木湖畔，两匹马的风景

有两匹马一左一右地伫立于纳木湖边，不食不饮不嘶

就只是默默地站立。近似于等待，又像是在倾听

时间深处响过杂沓或孤独的脚步，哭声、喊声、

笑声、呢喃之音

战争与杀伐、少数人掌握真理时的激辩声，拍手
或跺脚的声音乃至寂静

那是一对夫妻马吗？一红一黑
那是一双怨侣马吗？一是一非

但至少它们当时是比肩站在一起
此前或此后的一切，似乎已显得多余

其实，世人各负一命，帝王与贫民如此，遑论义
士与小人
马也是这样。一匹或两匹于某时某地并排而立，
并不能说明太多问题

随着一阵风吹云动，它们的长鬃似乎飘起来过，
然则又是寂静
那马就只是默默地立着，一同望向湖面，也好像
并不特别为了什么

一匹马来到世上，要循着传说中的草原，翻过命
定的雪山，况且还是两匹
或许它们途中还驮过高僧和经卷，背负过婚姻或
仇恨、布匹和食盐

而缄默涵容一切。它们当时就只是静静地伫立于纳木湖畔

　　又或许它们是说过什么的，但我们通常听不懂马的语言

　　此际，游鱼吹浪，天地寂寂，长花短草依旧逐水而居

　　能这样，即便只能这样，其实已经大好

　　纳木湖边，两匹马伫立，仿若随时准备遗世而去，又好像尚在迟疑

　　而天下所有的道路先是变短，继而消失

2006.10 于北京

第七夜

雪下到第七日之后
天向晚，雪入夜

沿着一条马嘶羊咩铺就的迎送小道
世界像个远房亲戚，跟跟跄跄地一头闯入
我的牛毛帐篷，朗声说句："你在就好"
然后不请自坐，就着一壶新煮的奶茶
与我一起围炉夜话

茶过三巡，话说七句
正如开门遇见七件事，佛堂祭出七样法器
我和世界，似乎有过七次机会，接近于无限的真理
……然而，且慢
山坡上曾经有过的七只羊，可否是我的
七次空喜，七个枉然的前世

恰在此时，帐篷门外，正有
大雪压低的七声犬吠，陆续喊出七个远方
七个远方各有七棵树，七棵树下各有七位喇嘛
七位喇嘛各自怀揣七册古籍
而这些古籍又都在讲述同一件事

——某朝某代某地某时，第七个雪夜
世界会不请自来，推门而入
仅与一人围炉就茶夜话，并于七分七秒之后

最接近于七种真理，而每个真理之中
还会有七把椅子，等待着七种可能

"接下来呢？"我问
世界自此始终默不作答，我也就没有再问

后来，隔着牛毛帐篷外的一连七个雪夜
我听见……人间，又将起风

2009.11.16 于北京

阿拉善之西

阿拉善之西
古岩画上的人们
分布在巨大的岩石上
他们紧贴着那些岩石
陡峭地生活或者歌唱
用羽毛装饰过的响箭
射杀一只秋天的灰狼
有时也一声不响
凝思更高的地方
树在他们的眼里显得抽象
他们现在一声不响
戴兽角的孩子
骑在第一匹被驯化的马上
他们将看到潮湿的月光上
漂来一些远处的山冈
看到今夜的我们几个
坐在苍白的石头上
支起猎枪烤一只黄羊

1986.3.14 于阿克塞

英雄不在此地

英雄不在此地
对过的小酒馆八点半打烊
弄不清英雄现在
到底是胖了还是瘦了
听说他瘦完了就胖胖完了又瘦
听说没有谁知道这是为什么
他便只好独自一人胖瘦依旧
突然　我们都有些遗憾
因为酒馆还是八点半打烊
因为风传英雄时胖时瘦
总在八点半之后　之后
就是我们在骑马回来的路上
看见无论英雄怎样胖胖瘦瘦
央金或者卓玛的藏袍
照样半新不旧
数十根发辫纷披于她们背后
今天飘起来了　还向后
那是在八点半左右

1986

说说这段日子

这段日子我独自闲坐
应该是为了什么
八月过去就是九月
日子快了
九月是我们分手后的头一个月
我回去看你的时候
但愿九月已过
九月已过我已不想多说什么
九月已过九月已变得难以诉说
那时的天气已不再暖和
真的真的除了树曾经绿过
我什么也不想说
要能还那么眼睛望着眼睛
待过九月　　倒真不错
在九月能这么想一想就很不错

1986.9.10

这远不是一个与奇迹有关的日子

——致四川汶川地震中的罹难者

这远不是一个与奇迹有关的日子
仿若草原藏好马群，活着藏下心碎和伤痛
我的三声嘶喊，却没能藏住那么多人的背影

夜不黑是错的，夜太黑也是错
花开得有些疼。我哪儿也不去、谁也不等
却很想从泪水里打捞出一盏灯，再送你们一程

不忍也是一种忍，天空则是另外一种空
如果灾难也要我即刻交出呼吸和脉动，可以
但我能不能事先替你们问问：给谁和为什么

这远不是一个与奇迹有关的日子
只是，我把我平庸的生存带来世上这么久
此后却必须学会替你们中的某个亡故者，双倍地
活着

那是在拉萨哲蚌寺大法会，祈祝过天下生灵之后
我没有哭，只是我的泪水还想在时间的废墟下多
陪陪你们
而那出自藏北的鹰群，也远比以往飞得寂静、高
广和郑重

2008.5.15 于北京

说说我爸爸

去年八月爸爸来看我
当时天在下雨
我也正想到老家的那树槐花
爸爸并不知道
小学三年级我在一篇三百字的作文里
偷偷赞美过他
于是我当时只好去想槐花

爸爸还那么高高大大
还戴那顶蓝帽子
这些年无论走到哪里
想起这顶帽子我就泪如雨下
爸爸该换顶帽子戴戴了
爸爸大老远地跑来看我
他是该换顶帽子戴戴了

爸爸那次来看我
就为了说说妈妈如今老多了
尽管他比妈妈其实年纪更大
我当时一直都在很难过地想
这些年的时光
究竟是怎样催老的天下父母
以及所有槐花

1986.6.26

辑

八

你如果
没在世上

我来人间
岂不白跑一趟

春日二三事

半块砖头，如果它情愿在墙头上趴着
就让它一直在那里趴着吧

寺顶与山坡上的雪，薄了
桥下，河面上的冰，化着

这桥上，每天都有不少转经的人走过去又转回来
也隐约有些眷顾和不舍，像是去了对岸就再没回
来过

初生的藏獒如同闲不住的孩童，似乎总愿意欢呼着
追逐些什么，即便是飞鹰或云彩投在地上的影子

在藏北偏北，这似乎是一个理想的春日午后
午后善良着，包含了一些朴素的事物和美德

近前，两只小羊对卧于低矮的风中
远处，一匹幼马侧立于晴暖的世上

那自水边积雪处，刚刚直起腰杆的今春第一茎苇草
在小心观望中，仍期望能为某种必会于日后感念
的深意，再绿一次

就像这些年，我一直暗自喜欢着菩萨在壁画上看顾你和人间的样子

丰腴地微微斜侧了身体，又尽量保持着端丽与平静

2010.3.19 于北京

想你

守住秋色三堆
想你耳垂

拜过无数神佛
想你前额

独对世事无常
想你乳房

篝火烧成心灰
想你臀围

眼瞅时光用坏
想你脚踝

轮回有去无回
想你眼眉

草色扑打我腰
想你藏袍

藏袍险些跌倒
碰翻藏北门前一只水勺

水勺如妹，亦如人间大美
眼下紧挨我腿

2004.5.20 于北京

月食之夜

月食之夜，月食来临
你就是这夜色中又黑又亮的部分
停在一只布口袋当中
作为灯中之灯　俯身行走的白云
如花的手指向我诉说一万条逝水的内心

现在一万条逝水来到你们当中
作为夜色照耀下的两个白丁
我的两个亲兄弟好兄弟尚在病中
他们一个善于喂马，另一个长于制弓
现在月食来临，我已两手空空
独自在一只旧衣箱中
封存了三支远古的雷鸣
抑或是封存了三声猫叫
三种能够蜷作一团　彻夜滚动的可能
仿佛光明的行李在天堂里行走
唯有一人我们始终不能将他认清
一次月食使其双目失明
终此一生　停在运送海水和生命的途中

月食之夜，月食来临
漆黑夜色照耀下的两个人
他们一个叫死　另一个是生
骑走了马匹拆散了弓
这通天的大水中究竟坐着谁的命

另外一个什么人　始终停在
运送天堂和地狱的途中
又亲切又苦恼地等着我们

1991.11 于深圳

晒

聋马晒耳
乱草晒花

那不知名的花儿呀
则美好地晒着痛苦一屁股跌坐在地上
仍稳稳地端着自己的内心

她也同时端稳了
羊群对于整个草原的敬意

高远的天空下
有人晒经书晒盐
有人同时晒着富足和苦恼
也有人既晒生死又晒歌舞

拉萨西郊的哲蚌寺，晒佛
佛晒自己的宝相
和一万亩青稞的静静生长

而我呀，在这个广大的世界上
只愿意驻足于太阳底下
一遍遍地晒我爱你的想法

直至苦行者般肤黑胜炭，骨瘦如柴
似乎一阵风过都能引其自燃
最后化作一捧灰烬消失不见

仿佛生来就是一炷颜色暗沉的印度线香
我似乎很适合虔敬地把自己
同时供在神山圣湖和你面前

一如此前，我把自己带来这美好人间
就为了要在藏地阳光下
一遍遍地翻晒我此生
至少要让你遇见我一次的想法

2007.7.25 于北京

因为世间有你

花开时节，天蓝水碧
大致因为世上有你

瘸腿银匠，扔下錾子备酒杀鸡
也是由于世上有你

泥菩萨过河回到庙堂，而我正好双手合十
还是缘于世上有你

除了冬天，每个季节都消失得很快，且时有悲喜
不用说，都是因为世上有你

因为有你，这个常常令我爱恨两难的世界
仍是我在人间的一场操心，还请尽量珍惜

就像爱情格外疼惜彼此健康且晴朗的身体
也像婚姻特别眷顾自己幼嫩而懵懂的孩子

还可以像小小羊儿，仅仅出于爱惜，而蹦跳着
绕开一片并不那么开阔与丰美的草地

然后停下步子回头看看，对自己尚能
如此走过这轮回中的一时、一日乃至一生，还算
满意

而我，也愿意把所有这些，以及其他一切，统统视为

但凡事物能有个美好的缘起，无不由于世间有你

2009.12.12 于北京

一个西部英雄的妻子

那些年英雄总在外边
那些年你独自空守着帐篷
英雄在外边的名声越来越响了
那名声总是浮现在
你的一片柔情和泪水之中

你独自空守着帐篷

英雄每次回家
都是在他被自己的名声
累坏了的时候
都是在他捂着伤口的时候
你总是敞开着帐篷门等他
然后再把自己的等待绕成绷带
包扎他那流泪的伤口
你的英雄总是浮现在
你的一片柔情和泪水之中

西部，关于英雄的传说很多很多
有很多女人都爱这些传说
每夜都搂着这些传说睡觉
你只是笑了笑
淡淡地笑了笑

人们都只是笑了笑
英雄的青鬃马和叉子枪便老了
英雄的好名声便老了
英雄只有每天和酒一道跌跌撞撞了
你依然空守着帐篷门等他回家
英雄只浮现在你一个人的
一片柔情和泪水之中

衰老了的英雄
眼里渐渐有了柔和的眼神
现在，他只是个普普通通的老人
整天想着他的那一群牦牛
现在，你可以每天坐在火塘边
静静地爱他了
只有你爱他衰老的脸上那痛苦的皱纹
那皱纹跟你脸上的一模一样
他佝偻的身影和以往的好名声
总是浮现在
你一生的柔情和泪水之中

1985.12.13

花儿为什么这样红

花儿为什么这样红
花儿已经红到藏北门前
一位守身如执玉的康巴少女怀中
啜泣之中，她紧紧抱住我的爱情和新婚

（那终将使人一事无成的花儿
红得我头疼
一只美丽致命的银手镯
做成泥塑菩萨的床和睡眠）

我不在大地的心上
时日如扎西老爹的笨马
白马和灰马，我甚至不在
马鼻子下第一朵花儿的病中
一个于民歌里探头的壮喇嘛
满脑袋东风，在诵经和敲钟

花儿为什么这样红

裸身于三支火把中的女性
花儿也同样红遍了
你身后的一座空空的山谷
（那是你受孕并诞下转世童子的地方）
藏北门前，整整一万年花香高溅
曾经湮灭多少眼睛和嘴唇

一百零八座佛塔之上，除我而外
还有谁在晴朗的高空中发问
花儿为什么这样红

我想除非是我
还会有谁内心漆黑而羽翼渐白
在思念，在鸣叫
眼含雪域氏族之女的一握纤腰
宛如半个轮回
骑住被花儿红断尾巴的四头幼豹

花儿为什么这样红
隐身于纳木湖的七重大水之中
那既亲切又苦恼的秘密花神
也在向我发问
使我零乱的一生为此愣了又愣

花儿，为什么为什么这样红

1997.10.11

西藏你好

西藏你好
十副牛角

雪线上下
九匹骏马

尽管时深水浅
无碍花草良善

俯瞰八羊面北
仰望七星在南

口诵六字真言
心系天天天蓝

父母入寺供佛
高执五盏月色

何况牛皮成船
可渡四季登岸

曾经遍访盐湖雪山
几度路过三江之源

若逢晓色晴美
你我可约轮回

拉萨拉萨，两尊泥菩萨
街市上说话

那曲那曲，一个红衣喇嘛
他愿独自值守天下

2010.1.2 午夜，于北京

对唱·给母亲的致祭诗

是两阵风在对唱
一阵在半坡为新羔薅草
一阵在湖上替老鱼铺浪

是两匹马在对唱
一匹在去冬才卸下两筐苦果
一匹在今春正扬起一阵花香

是两把叉子枪在对唱
一把担心所有生死都会错过雪豹
一把庆幸部分慈悲正在靠近黄羊

也是两块银在对唱
一块在甘南山前埋下日出
一块在藏北水湄祭出月亮

还是两行泪在对唱
一行在左边脸上早已经干涸
一行在右边脸上刚流出眼眶

更是两个人在对唱
你若没在轮回中高低喊我一遭
我咋会赶来世上好坏答应一场

2011.4 于北京

念珠散落（节选）

*

风在金属里变弯
又循草木间复直

雨在马腹下葬花
又向刀柄上哭玉

雪在寺院外融化
又去江河源聚集

有人往伤心处送我
菩萨在众生里渡你

*

你是知我已在世上等你多时才赶来的吧
那时，最后一个匈奴王尚在举灯照命

我与夜俱醒，困惑于常会有人扮你入梦
那时，水深静、羊初白、大月一轮照古今

你是非来不可且一刻不肯稍歇的吧
居然也知，行向人间悲欣交集处必会遇我

*

有时彼此懂得是一件很疼的事

当佛更像花匠时，我倒宁愿他是个兽医

入世，只为遇你，但更多时候还是会一再遇见别人

两只簇新的小羊衔命而至

古格册为我的封地时，那里已是废墟

我们开始相爱时，整个世界已显得多余

*

清晨，被羊群普遍忽略的
那枚孤悬于草茎上的露水
应是前世，我因未曾与你共度
而忍痛没能哭出的泪水

一滴眼泪，甚至不能
为你凑成一副纯银耳坠

*

时间通常从右肩开始枯萎

每次尚未分别已在心里给你写信，写短信

手和你的一生，我值得拥有

沿着一条草绳瘦成的小径，故人系马深秋

且温一壶月光与你下酒

*

失火，失火
一个西藏象雄王朝的宫娥
她手执纱灯误入了我的生活

萧瑟，萧瑟
两个避过轮回的刀客
他们此行的目标是你的半宿无眠
和我存世无多的怀旧老歌

*

半个心跳尚在西藏
两身佛像远赴新疆

东面河边饮马
西边山上牧羊

人海茫茫，唯你在我心上
援引古老忧伤，刺绣今晚月光

而你的一声轻叹
竟让我的此生几度变凉

*

风在草地上
其实是在天堂

羊在山冈上
其实是在天堂

我在你心上
其实是在天堂

心存美好
遍体鳞伤

*

两棵恋爱的白菜，偶遇一只丧偶之羊

什么事情都可能发生，什么事情也都可能不会发生

夫人骑火到阿里。还是没有佛祖的消息

梦中，有时我能听到你探身在我体内更衣的声音

一切都可能消失，一切都正在失去

*

天使不一定全都长着翅膀

王子也有可能骑匹黑马赶来人间

好马不吃回头草，草于是回头饿死了马的全家

死是短暂的，生存却漫长

你如果没在世上，我来人间岂不白跑一趟

*

风吹我命，日照我心
世上伊人，美如妖精
先取我心，再夺我命

何苦？拿去用便是
想怎么用就怎么用

*

那僧，欲借天色未明
将身外之佛秘密修入内心

那马，欲趁河山尚新
将如花美眷小心携入一生

而我，只欲向你双鱼互衔的项饰

索取银质的一吻，投入我灵魂

——那里的哲学瘦拗、古静
实在需要些水波纹

*

此生如寄
如同神佛跻身于庙堂
花草寄放于羊儿腹中
我投宿于你的命运

本来，你的一生我只要一程
你的一程却捎带了我的一生

*

让那清晨离去的马儿离开吧
让那傍晚到来的羊儿到来吧

唯有你我不来不去、不娶不嫁

如同经卷合上后片刻的喑哑

愁对酥油花

如果酥油真能长成一种花

*

天涯犹立岁首

春深草浅，人愁马瘦

娘养的身子无人搂

秋来马更瘦

*

仅有一杯卡布奇诺针对藏北显然不够

其余的星巴克口杯普遍选择了沉默

生活无处不在，结果尚有空缺

一个别人得而复失，一个自己失而复得

心头不肯暴露的是伤，手里没有武器的是王

他日口味趋淡，且尝一匙古典，你在爱情里乳晕
半掩的那种缱绻

*

我出生的时候
世界远比现在简单

我爱你的时候
生活远比后来简单

驽马悲秋，人事袖手
草枯无凭，马肥无由
一坡新雪渐成愁

你愁嫌多，我愁足够

*

娉婷复娉婷

豹子胆，豆腐心

风在荆棘丛中找到了安宁

我在安宁里查找你落在我刺绣过的记忆中

那被洗衣机已洗涤多遍的一吻

*

良人良宵，正好向着灯前看

叫声冤家叫声天，羊在草原

排一夜盛宴，食数声长叹

*

你前世是一匹布

你后世是一卷经

但你今生是我的爱人
哪怕短暂得
常常令我喜忧难分

*

秋天深了。秋天深过
骑手们歇马饮月的那口井

众草黄了。众草黄过
刀柄上早年镶嵌的一粒金

*

身怀利器，杀心自起
——我只杀自己一个

与其诅咒黑暗，不如点支蜡烛
——我只照你一人

*

天堂里的羊群
白如一场大雪
或者寂静

天堂里的羊群
在等与被等间
度过一生

*

幸福正在变得悲伤
悲伤正在散发清香

晚些时候
我可能会在灯上哭灯
也可能会去刀里哭刀

甚至难免要在人后哭人

世界啊，你与其让我一次次伤心
何不将我干脆变成伤心本身

*

我的遗憾被我后面的马衔去当草反刍了

而马的忧郁则被草拾起重新绿了一次

其实，在我们一起度过的日子里
岁月已显得特别可疑

*

我想我的前世可能是风
要是我不在时，有风吹来
那一定是我还在把你找寻

我想我死后也一定会再变成风
那是我仍不可救药地
爱着你的身体和内心

正当今夜，大风吹响马的骨头
正当今夜，大风格外吹响了瘦马的骨头

2006.10.15 于北京

许愿

且借今冬一段空旷雪景
向草原明春许下良马一群

时日循序渐进，冷热厚薄不匀
此间，偶有野兽从自己的一生中
慢慢爬出，发现世间的水面
其实，普遍远比看起来要深

且朝神话借用三天妖精
向瘦西风许下一副丰乳肥臀

心有未甘，时易时难
地球旋转而天空静止
我是第一次也是最后一次
与自身相遇，未喜先忧

且借父母一世丰饶
向佛寺许下七年祝祷

大哭无声，有泪惜流
就如有人不用手，仅用心也可以撞钟
而我知道身体是自己的，心里却总住着别人
何况世事催命，就连你，我也不能一等再等

且向喧嚣暂借半截寂静
向来世许我一个今生

你看，路尽之后仍会有路
你听，风停之地还是有风

2009.12.25 上午，于北京

节日

雅鲁藏布江面的牛皮船
摆渡半个庆典
阿姐鬓边的三枝马兰
把两身藏式打扮的婚恋
直接带入了秋天

你看多好
大地的绿腰
是家住雪线附近的
一束青草

大块吃肉大碗喝酒的日子
山下临时竖起的帐幕门前
歌舞成堆，马鬃翻飞
为与凡俗的人世联欢
神佛也走出了寺院

你看多好
赛马节上喇嘛手中的法号
出自去冬今春那场大雪灾中
一只头羊献出的犄角

2001.6.9

藏北游历

万里长空
天高云低

千山融雪
多入湖泽

百只藏羚羊
戴角出尘

十亩藏红花
娉婷入世

九个浅夏
慧草秣马

八次冬深
惊心动命

七日鹰飞
来了个喇嘛

六字真言
治好了哑巴

五牛去驮盐
神山以远

四羊来媲美
圣湖之北

三身彩塑，一座佛寺
值守人间，日夜相继

两天藏北
半山半水

一宿羌塘
无慌无忙

2010.1.2 于北京

往事：那曲的雨后黄昏

我去的那年铁路尚未通达。整整三天
我感觉自己什么都不是，平生就只像风

毫无来由地飞掠过世间的一切，原本却只想去吹拂
那曲西郊天葬台上的白色经幡和一个人的灵魂

某日晚些时候四野闪电，追随两名草原上来的遒俊
骑手
身负一场藏北高原的那种豪雨打马而去

马蹄湿沉且急剧地敲过泛着冷光的柏油街面，其中
沥青包裹的一块碎石曾是我心，已将脉动变得冷硬

继而是骤然放晴的黄昏。明丽色彩在晦暗中
穿过一半生命突然朝我咬来，我仿佛听到有往事
喊疼

我记得自己此前是在孝登寺点过佛灯的，换言之
我寂寞过了，离开那曲后便只能任由天地去寥廓了

2007.9.19 于北京

恰逢其时

在拉萨大昭寺门前广场上
那晒黑朝圣者面容也晒暖了六字真言的阳光啊
也一定能翻晒到一个人的灵魂
——适逢一朵白云飘过密宗僧舍屋顶上空
我正试图将生死暂放一旁
努力把灵魂这块玻璃擦拭得跟世上最洁净的事物
大致相同

在藏北羌塘海拔 4500 米高处
那吹翻众草也吹弯了羚羊犄角的风啊
也一定能吹进一个人的内心
——适逢那曲河上渡过一阵经幡猎猎临风蹈舞之声
我正准备先将自身忽略不计
而是把内心这只负重太多的箱子尽量摆放得更加
平稳

2004.4.13 北京

门口的女神

大晴天搬运来三声雷
什么人吃的是没文化的亏

伤心压弯了青稞穗
门口的女神一身岁月的灰

两麻袋好意遇上驴肝肺
你的身子只肯对着爱情睡

喇嘛牧羊无所谓
世上的好风一阵阵地吹

牦牛看戏，要去快去
若得轮回，早去早回

2001.8.3

这个夏天

深草长夏
群羊匹马

草要多绿一步，就铺到了天边
天若再蓝一点，就接近了永远

羊来过，羊会绕过山前的白塔再来
马往南，过了河它没准继续往南

如果你想要一匹马停驻内心
既不想惊动谁也不为唤醒什么
首先，要将马的铃铛摘下

而羊总是很仔细地吃完草，再郑重其事地反刍
像是孩子，把一颗完全可以一口吞下的糖果
分成无数次珍惜地嚼完，又咂嘴回味半天

只不过目力所及的花儿，都有些朴素和细小
在时间与高原植物学的双重安静中，花儿
幽微地散发着香气，多像一个人审慎地说出爱情

就在今年这个夏天，我请求过：请为我下雨
尽管也知道，生存仍需继续照耀

偶有朝圣的人，从永恒那边慢慢地过来
又向永恒那边磕着长头匍匐而去

白天，有时从深暗的寺院里点完酥油灯走到外面
总有那么一阵子，我得眯起眼来
才能重新看清这个世界，以及当前

正在经历的整个夏天

2010.8.18 上午，于北京

白羊新娘

类似食花饮露的月亮
怀抱青草来到西藏

类似水做的妹妹铁了心肠
自嫁人间，带着仅有的嫁妆

无非犄角一对
无非羊皮一张

风吹草低
类似月照眠床

白羊白羊，苍茫大地上
一个无人迎娶的裸体新娘

2001.6.10

两盏灯

藏北草原两盏灯
一盏映马脸，一盏暖双亲
灯唉——
无非是鸟骑长风而草色击铁
无非是鼓声抱羊而大月照银

灯，神山圣湖的两盏灯
一盏漂泊入夜，另一盏倾向于黎明
灯唉——
天空中疼着巨鹰
雪地里跑着花魂
巫师降神可驱雹
哑子磨刀为嫁人

灯唉——

昨夜，当雄佛寺高悬两盏灯
一盏是嘉木打坐
第二盏是慧草诵经
恰如今晚，人类家中也有两盏灯
一盏令你喜悦
另一盏使我伤心

哦，灯唉——

1997.1.20

习惯

和伞一起等下雨
雨会下吗

和有限的时日一道耐心地等你
你会来吗

在这个水流花静的世界上
高远的天空有时也会阴晴无定

其实，伞是知道雨终会下的
我也是知道你未必来的

然而，当等待成为一种习惯
你的来与不来
都将构成我的一部分命运

正如今日，天会不会下雨
也会影响到一把伞
是否会被一个人的手举入雨中

2007.7.28 于北京

辑
九

五样生灵
晒佛日何辨皂白

四位本尊
燃灯节不请自来

风吹（之一）

风吹西藏，风吹雅鲁藏布江
以及花的身体和乳房
风吹过很多年代
现在吹在我的身上
一如风曾经并仍将吹在别人身上

无论彼此熟悉还是陌生
风都将吹遍我们每个人的一生
拿走大家使用多年的马匹、经卷、鼻息和眼神
再去吹更多事物的手脚和内心
这一点常常令我吃惊

风吹的季节里也可能天天天蓝
只是人间的面见一面少一面
忆及两只小小羊儿曾经衔草入世
却于草浅春深处，一下被爱情染红了口唇
满腹伤心霎时化作知足与感恩
这正像我们在茫茫人间偶遇的过程

多年以后，倘若众法器由喧嚣归于大静
整个高原穿戴上一场大雪过后的冷与空
如果那时风仍然吹，这将会成为
你我并肩游走和结伴老去的最好理由吗

远在藏北草原，牧人的婚礼上
我们把谁都不认识的那个人叫命

风吹。风其实也吹着
那个叫命的半神
——如果它也觉出了一些生之冷清
我们就去请它也坐过来一起烤烤火吧
况且此间，这世上有些风声可能刮得正紧

2004.3.26 北京

风吹（之二）

在如此遥远的边地与水畔
秋与冷，同时逼近

黄昏，再次漫上心头

我先已感到时间的杯盘，有明显的错动
其后便是这阵风，不止一次，差点儿直入此生

类似曾经的青春、去日的爱情，无风则已
有风便会脉动如初，天地也要为之一新

这风一度吹远了我在世上的影子，又将其送回
像谁从内心轻轻拂下灰尘，又把它疼惜地置于掌中

似乎是想自茫茫寰宇、芸芸众生里，努力辨识出
究竟何人何事，才是自己来路与去向的真正前因

而眼下，这阵风啊
它正压低深草，扬起马鬃

2009.12.1 改定于北京

佛

1

笑了
一尊木料、泥土与金属的笑
却比我的生死安静和重要

做了牝马度命的夜草

2

把你塑在世上
供入庙堂
再让你驻留在我心中

大美可以夺命
你我之间常常多出一颗心
谁的

3

一对崭新的人
两个旧灵魂

不弃不离
非爱非婚

记着给我写信

4

三只乌鸦叫
陪你一起老

老不好，瞎老

5

如果众生令你头疼
愿你通过疼我去疼众生

有病治病
没病拉倒

倒什么倒
大不了人世间我只为你一人小睡片刻
好不好

6

你塑你的金身
我忙我的轮回

腰身一堆舞一堆
为了谁

7

供灯万盏
伤心一碗

我喝我喝
我喝了它还不行吗

8

一个头两个大
另外一个是卓玛

风吹经幡呼啦啦
他们把你咋啦

9

三只白羊衔草入世
两筐泪水忙于嫁婆

良夜良人本无事
一段鼓声自扰之

打扰打扰
客气客气

10

没有你
怎么笑
怎么睡
怎么活下去

静极
——我更应该是谁的叹息

2001.8.26

唯一

藏北高原，一百只羊里
九十九只都在由青转黄的山坡上埋头吃草
那唯一悄然举目朝我回望的一只
让我猜想自己，似乎是被一段行程格外地重视着

圣城拉萨，一千尊佛里
九百九十九尊都是法相庄严地高坐于经堂
那唯一执花俯首向我破颜浅笑的一尊
令我感觉自己，好像是被一夕念诵特别地关照着

泱泱大国，一万人里
九千九百九十九位都在高视阔步地前行
那唯一选择遗世独立，仍在等我的一位
使我知道自己，其实一直是被一颗心深静地爱着

回到北京，在一年之中比较难得一见的
那种万里晴空下，我开始尝试珍重自己
哪怕就只为那——
羊里的一只、佛里的一尊、众里的一人

唯愿你和大家也是这样

2006.10.13 晨，于北京

片刻安宁

在拉萨西郊哲蚌寺
我摁响大经堂外面的一只门铃
可是无人应门。难道佛们
也都去了隔壁花园
参加植树种草的义务劳动

斑斓的壁画下面，高大的门廊
使我仅有的高原反应
也显得像脚下的青石板一样熨帖而干净
仿佛刚刚抵达的朝圣者，在平静中等待
他尚在人间风餐露宿的一生辗转到来

雨曾经下过，附近僧院方向传来的诵经声
还有些微潮。而大经堂黄铜镶饰的门板上
则挂着一部分经幡在空气中甩打的声音
骤然记起此乃午睡时间，我已无须再摁门铃
以免搅扰了躁动的世界上这片刻的安宁

2001.6.7

哭

像青草抱着山冈　在哭
像跑过青藏高原的一阵风
抱着街市上的三百斤黄铜　在哭
像马儿抱着一场大病　在哭

多年来我放牧诵经　睹物思人
而扎西在宴客　卓玛在摇铃
正当青海湖抱住青海
西藏抱住喜马拉雅
我手掌上正驰过一头秋天的
丧失一切的精壮牡鹿

我像草原抱着她唯一的肢残者在哭
像初通经卷的年轻喇嘛
拥着整座寺院　在哭

像哭抱着我哭

1997.1.7

今夜，藏北打井人

夜色上掘出一眼井
井水中佛在打坐和诵经
我前世的七声晚钟
分别映出三个度母
她们月光的身子比水白净

藏北打井人第一次感到
那美如妻子和儿女的水声
挂满了全身
而月光似心花怒放的幼兽
在寺院的钟声里出没如常
幼兽出没如慈悲的菩萨
在一匹马的病里想起黄昏
天空中飘满天葬后的鹰群
而现在是夜晚
打井人是在轮回中无可救药地
掘一口深井

除你而外
谁还是注定要被井水或者月光
最先映出生死的人
今夜藏北
有人掘井仿若寂静。寂静如钟
滚下山冈，打在相爱如羊的你我背上
如同击中寂静本身

1997.11.9

小悲咒（节选）

（四行诗）

*

绿度母。裸麦坐胎
黄财神。浅水盈耳

世界大到一只旱獭如何招架
道路吃了很多的苦方才抵达

*

我跟这个世界，向来不熟
甘南门前，停着两场雪

你和所谓自己，鲜少晤面
藏北家中，坐着无尽山

*

慈悲让释迦牟尼成了佛祖
狮子从未疑虑过自己缘何不是兔子

马攒蹄停下，天空像要猛扑下来

请告诉扎西，要尽量待在善因里

*

袈裟只是风中飘旧的一块孤寒之布
岂可比拟直奔天涯的一抹草色

蹄迹三两行
闲啸四五声

*

一匹马想要成为另一匹马，是个问题
一件事正在生成另一件事，十分可疑

我似乎错过了什么：前定的你？抑或
小行星扮作路人甲，刚刚途经拉萨

*

丽江一家客栈的名字：等你三天
我和自己于途中再次确认：勿等。看路，随缘

中宵藏寨边
桃花乍暖，犬吠犹寒

*

一点雨下在深心，未曾洇开
两块银忘于前世，如何运来

把事情摊开来晒晒
拿羊皮给爱情盖盖

*

岗巴拉，瘦骑手寒瘦地立马
香日德，胖喇嘛胖大地弘法

天已让鹰很蓝地盘旋和举高
山正被羊很白地看见并翻越

*

夏河浴马，临水照命
水睁开水的眼睛，发现你身上实则另有一命

夜宿古格，移灯见月
月照出壁画上斑驳的是我，缺失的也是我

*

想念需要两张椅子，虚位以待
眺望最好有座远山，抬眼可见

太阳一旦下山，优势
就会回到惜月眠迟的雪豹一边

*

那个用夏日黄昏做成的人
有着颗印度琉璃般易碎的心

一卷经书压皱了夤夜的一角青灯
两钵绿植拔高了庭院的三寸深静

*

僧在游方，山水行藏
马回老家，生根开花

世事纷繁，可以少语
心情寡淡，不必多盐

*

三步并作两步，赶来人间
一生何如一晚，抵死缠绵

莫慌，天能搞定一切
勿怕，山会原谅你我

*

五样生灵，晒佛日何辨皂白
四位本尊，燃灯节不请自来

一棵草被折断，也会使我短暂一疼
一段静被打扰，也会让你兀自一惊

*

某日，生活露出破绽
众人皆晓，唯我不知

这世界，来得去不得。上下平坦
这人间，聚得散不得。左右为难

*

夏日所余无多，于久违的山坡上默坐
藏狐成群奔突，正往岁月深处集结

适逢天下落木萧萧，神的六指中
那多余的一个，正指向我

*

闭关辟谷，顺手关掉自己
一个今生何足挂虑，皮相而已

转山转水，磕头长见识
两个前世彼此梦见，从未偶遇

*

一次看山一次远。修理时间
一回相见一回难。当下无言

我是日夜兼程，投奔此生
你是遍访天下，查无此人

*

平生囤积的旧事，扔过几次，还狼藉一地
隔世对酌的那厮，酒未沾唇，已醉个半死

屡次想起的人，悲喜自渡
何妨借雪一听，举世皓白

*

一堆新家具，酒喝得浩荡
两个老东西，泪流得蹉跎

镜子客居贡嘎，得见飞机起落，众生上下
牦牛被献哈达，感言做人实苦，难为大家

*

冬渐去。水在水下更衣，为殉美之鱼
春复来。花于花中写信，给朝觐之马

枯荣相继，万物替你应劫入世
时方过午，我当天地完好如初

2009.12 初稿于北京，原题《风马旗语》

2010.9 二稿于拉萨

2020.4 改题《小悲咒》，定稿于北京

谁

秋了啊

心里咯噔一下
正如世上"当"的一响

天下合该有事
又像是什么也没发生

恍若旧时中国，有人
拍案而起，又悄然坐下

依稀是你的一声叹息，催黄了
人间草色，令我此生迅遄转凉

而就在地球这边厢，时近正午
那个谁，正打马入秋

2009.10.27 于北京

远眺古格王朝遗址

一管腿骨法号将我今日的远眺
吹送到狮泉河西
时间深处，一个集体的脊背
倾覆于地。宫殿和佛堂，空空
空空是谁的心脏
盛纳男儿膝下
横渡刀剑和玫瑰的黄金

花草零乱如隔世的脂粉
大荒若磬，震响万卷佛经
在当年王子们口口相传的一块玉中
母后以七声鸟鸣净手
使我苦恼得近似于一个秋
背对古格，我常常站在鹰飞之下
辨认国家和预言者的面目

泥塑菩萨，美如栗马嘶喊三千喇嘛
她婀娜的腰肢，细断一头白虎的脖子
让我看到一代王朝上空
黎明和黄昏，在砍柴、相爱和失败

远眺曾使一个集体的脊背
诚意倾倒的古格遗址
我泣血如冰，闭上眼睛
静过众羊唇下一座空空的棚圈
双手白白抓住时日飞跑的声音不放

1997.2.11

在天地之间

天无三日晴
天不晴时你晴
我身穿藏袍埋头于一卷氆氇的爱人
两大堆歌舞中你诵经现身
手执青稞，恍若酥油女王骑桶飞行
在雪山列阵的大地上
你来时为我，去时为谁

正当八座佛塔下
我摆放好自己的生死
水声渡河抬头看见
成群的格桑即将盛装出行

出行，并且迎面遇见一众喇嘛
分别被年代久远的风
掀动起半幅袈裟
像被经卷打开的一系列鹰飞

地无三尺平
地不平时你平
我牧场上月光和小雨水抱大的爱人
娱神节上你一身羊腥
发辫飘飞。在白云浮动的天空下
你牵着我的马
又仿佛披着谁一生的风

正当今天的鹰飞触及天堂的玻璃
今天的草香溅湿众人的面颊
我经由健康和疾病触到你的身子时
感觉就像是回家

回家，并且嘴唇开花
开在十万白绵羊的唇下
等你从这个世界上将我轻轻取走
像时光抱走常被用于贩驴卖马的
半截子盛夏

1997

面对黄昏

那是在我练习完骑马之后。藏北
一个无尽远方的空旷黄昏，缓慢且盛大地莅临

我让马和自己一道儿慢了下来，以至最终止步
比肩而立，应该不只是为着
享受脚下这片高原的海拔与陌生

我想，我是在垂对一个终将会被人类历史
忽略不计的，我自己的黄昏
也是仅有一匹安多红马的黄昏

有时候宁静便是一种仁慈
佛陀让马在世、我在世、一个黄昏在世
应该是为了什么，只是不明因果缘起

我曾计算过，我此生走过的路
已经可绕地球数周，然后还要走更久

大概就是为让自己，能够迎面遇见类似一个
我一直将其同时装在背囊底层与内心深处
始终隐忍着不被说出的黄昏

我似乎不便猜测，彼时，我和一匹马肃然垂对的
究竟是世间一个俗常的日暮，还是一段
可被藏传佛教格鲁派众僧，持诵久远的向晚时分

我只暗自慨叹，在动物与人可以并排站立的地方
竟有如此大慈大悲，不负一人一马一草一石的
静谧日落，默默地惊心动魄

况且当时，黄昏的沉静以及渐渐流逝过程
似乎都在表明，总有一朵云会携带来某个黄昏
遮没我的一大半此生，且由入心进而入命

恰好当时，向晚时分的地平线上空
正有不止一朵，与生命哲学完全无涉的晚云

我也深知，但凡我和马匹站过的地方
岁月普遍脆薄，不宜深掘

很久以后我还记得：某年某月某日，远在藏北
我和一匹安多红马竟在行走途中，仿若仰承神示般
悄然站定，把头颈一并转向了日落

当然，其中少不了心灵与手脚
对于黄昏，充满敬意的配合

2010.7.25 中午，于北京

雨中，茶马古道印象

雨季，马帮过境处
灌木与野草欠身让出的山径
无论向上抑或向下，古往今来
都蜿蜒着一路的陡滑

天地湿漉漉的
马背上，五颜六色的塑料布下
刚刚过去的，分别是
几驮秋冬春夏，以及
几驮化肥、盐巴与砖茶

天天有雨天天下
就连潮闷着，颠簸来去的马铃声
也被簌簌复又密集起来的雨脚
一路踩灭在了
愈发湿滑难行的山径上

其后，刹那黄昏降临
更多的雨声，在盈满空山深谷后
似乎随时都会突然溢出

我记得，雨声和天色
先是很快洇湿并模糊了那个
一路趔趄着，与马帮
相向而行的背包客身影

那是谁呢，有人知道吗

然后又将其与马帮，密实地
遮没在了此世彼时
途经那山、那条石径的同一场淋漓夜雨中

世界啊，且附耳过来
听那自暮色上滑落的稠密雨声

只待雨歇天晓，且腌制后风干了
那一程湿重、陡滑的记忆下酒啊，咱们

2010.7.18 于北京

拿起或者放下

马拿起它们的奔跑；绿色拿起草
远在青海，于水浅处安身的湟鱼夫妻
正拿起部分含盐的湖面准备出浴

而飘落于塔尔寺墙角的两片羽毛
则拿起了三声鸟叫。其中一声，据传
曾在仓央嘉措的情歌里筑巢

日深草浅。大静若空
草原拿起畜牧、羊群
以及扎西老爹的一生和胃痛

一位来自中原的僧人，放下钵盂
将一盏从《传灯录》里打出的佛灯
举过了藻井；他身后的壁画上
曼陀罗花，正尝试拿起自己的香气

藏北民谚云：凡是你能拿起来的东西
通常都还会被放下

仿佛羊儿抱草来到世上
我端着自己空空的怀抱到过很多地方
现在来到西藏，却从不曾见到
大自然真正放下过什么

就连那些废弃不用的塑料袋
和我脱在地上的一件旧衣裳
有一阵，也曾被风举在人间挥动

那么眼下，如果你在内地重新拿起
不用想我就能把日子过好的其他办法
晾晒在青藏公路旁的三堆笨木头
除了水分和年轮，还试图放下些什么

2004.4.27 于北京

一捆梦中的光芒

雪山和牧场聚居的地方
一捆梦中的光芒
被你们一点点喂大
很多熟悉的事物相互面对
小牛侧卧在它们中间

现在，该我自己用一只木碗
和哑暗夜空中的七颗银星
拉扯我的一生了
我要求自己：尽量要像
一块午后的木头那样
记住水中的火光　生铁的光
和蓝色马匹内部
三服草药难以治愈的想象

你就是我记忆中最疼的部分
侧卧在太阳金黄的叶子上
像一捆梦中的光芒

现在，天空侧转为
一段蓝马的颈项　朝我那
用午睡盖住自己的爱人
修长地回望
往事如云　你还健在
其实，我就喜欢看你

侧卧在泥土和湖水的手上
像一捆梦中的光芒

在艾草、经卷和小牛
聚居的村庄

1989.9.7

在山上

花之芳唇，三五在东
草之腰肢，娉婷于西

雪下过，又陆续化了
一月二月三四月

羊来过，偶尔还会来
五只六只七八只

亘古如斯，包括花和草
似乎真的没有什么可以永恒

然则一切又都可能在山上发生
就如同我来过，又仿佛从未抵达

在山上便是在世上。有时
我很想把头伸出无边岁月

去喊一个人
那会是谁呢

一阵风，人间的一阵好风
把熟悉复又吹成陌生

花之芳唇，荣也寂寂
草之腰肢，枯亦无声

2008.8.14 于北京

老鹰不飞的日子

老鹰不飞的日子
季节就在我们头脑里缓缓推移
伸出手去，雪果然落得无悲无喜
使人想起一些倒在春天里的马匹
曾是我们的远方之一
我们爱着的人是我们这辈子
要去的最远的地方之一
一匹头马的长鬃就这么飘进了
我们的记忆，但所有的记忆
都不远于库尔雷克山以西
每十年就能指出一大堆憾事来的手指
是我们最疼爱的手指
老鹰不飞的日子里，我们的头发
和风中的帐篷又能歪向哪里
我们一直以为自己坚强
咬着牙齿挺过不少事儿
可这是老鹰不飞的日子
许多心思大雪一样
密密地遮盖了我们自己
我们攥着缰绳使劲想了想
一想就是很长时间
一想就是这一辈子
这辈子我们总是站在，呆呆地站在
老鹰不飞的日子里

1987.10.16

早上晚些时候的秋天

恋爱和拾草者的头发
自一个喊声里飘出秋天
你来到我会突然停下来想你的一日
阳光灿烂如脸　深含一片惊叹
多少做人的念头静得有些突然
我是我从未遇到过的那种突然

我手扶一段粗糙的心情告诉秋天
不要激动　不要叫醒遗憾
除非一切自己情愿　在我离开之前

仿佛两只运送季节的小羊
中途歇卧在时间下面
一片风景之外的秋天的内涵
与灵魂多少有些关联
我坐在高高的土堆旁边
仰望自己这一生　如同仰望
鸟儿们晦涩地飞过从前
和整个西部高原

那寂静那寂静白皙短暂

当三匹白马蹚开我骨子里的秋天
在马和它们的长鬃飘进二月之前
我的腰身如同一捆麦子　金黄色地
停在全部正午和你面前

1990.3.3

无人地带

在无人地带
你面前的石头是些
棕色皮肤的小孩
它们不说话也不会像花朵
像你期待的那样突然盛开
可你还是有些期待
你有时也突然站住
坚信石头上能长出树来
长出长长的思想状态的树来
在无人地带
要么你相信石头上会长出树来
要么你悲哀

1986.9.21

将冷

将冷
将马慢慢骑往深冬

近似一个人，于苍茫大地上
驱策着自己的今生
深一脚浅一脚地折返内心

在空寂，如大雪初临后
四顾白皑皑一片的枉然中
我很期待前往吗，当真？

仅就想一想，心会凛冽一下
手和生存也要寒瑟一阵
然则，斯世不可推拒此行

闭门加衣，近火暖身
唯愿现世安稳且灵魂深静
而天气将冷

而那马以及无法绕行的所有隆冬
似乎都已等在户外，乍起的风中

2012.9.25 凌晨，于深圳

辑

十

我在单衣四顾中发现生命短暂

然后就看见

五个喇嘛诵经

两只水鸟洗脸

入秋

匹马入秋
牛羊随后

恍似一夜间，众草
就自远山，一直黄到了眼前

在两场细雨之间
秋把楚布寺的门打开复又合上
共计九九八十一次

那风愈疾心愈缓的人，入秋了
那向秋一坐、心凉半截的人，基本也是

就在灌木丛那边
秋在摘取了所有植物的籽实之后
也会逐一拾掇起余下的落叶

而湖上、井中与碗里的水，澄明着
天高云淡的世界倒映其中，也澄明着

其实也是一水入秋
众鱼随后

2010.3.22 凌晨，于北京

入秋四问

这头顶上的天，已阴了一早上
也不知这场雨，到底还下不下

那坡上的草，都黄了三天了
仍在黄，但草能黄到哪儿去呢

那视野尽头的马，实际已过去挺远了
这马想要看到什么，还原路返回吗

那个命中注定的人，来到这世上
差不多快要一生了，还会再来吗

2010.8.18 上午，于北京

另一种可能

一本书中写道：一切皆有可能
我联想到自己，走了一会儿神

神，果然就走远了
然则，在我之外，黄昏低矮

此际，一羽鸟儿的疾速飞行
远比人间的金属，耗损着时日重要

而风，吹过寺院和白马
正将最后一批落花，送出这个世界

其中一朵，酷似伊的一痕唇红
伴着谁的隐约惋叹，迅即转暗

2008.5.13—6.2 于北京

诳语

风吹西藏
月光坐遍山冈

三个喇嘛
心里装的是喇叭

青稞打坐
世上无分你我

爱情无腰
两滴泪水挑灯看刀

草木渐深
泥塑菩萨漏夜抄经

一宿无话
人间的石头由我一人放下

2001.6.20

禅坐僧

彼时寺檐三滴雨
一滴落入今生
两滴坠入前世

阵阵马嘶
因何而湿
行经草丛的钟鸣无由而绿

此刻案头两卷经
一卷已然出尘
另一卷即将入世

恰如世上有只病齿
它不疼自己
主要是通过众生疼你

2001.6.6

高度

我相信：被僧侣们毕生修行与默默恪守的高度
接近于一种哲学。它高于肉体
也高于雪山的冷和寺院的金顶
但足以使每一次鹰飞和轻悬于草叶上的虫鸣
直抵心灵……倘若彼时某个在酥油灯前
摊开万卷佛经以研读自己内心的神明
突然胃疼，他也无须在意
他知道：那是胃想通过自己去疼众生

我相信会是这样：一切的海拔总是从低处起步
当它上升到高原，翻越过羊圈和一匹幼马的嘶鸣
来到游牧者的营地，它知道香气总是高于花草
畜牧总是高于马背，而生死也一样高于天葬师的
技艺
正如风通常高于玛尼堆上的经幡，并将其吹动
集体高于个人，歌声总是高于嘴唇。有时候爱情的
头顶，甚至另有坚持它们自己位置的帽子和蜻蜓

我甚至相信：有时候我在草原上低着头牵匹马往
前走
而我和马的灵魂都还在别处，坚持着它们自己的
高度

2001.6.16

夜宿隐士村，见到一位邮差

1

在念青唐古拉山东麓
巴荣峡谷 *
我所见到的邮差
是一位脊背挂满旱獭的
半神

2

我有一个地址和一次
拉萨以北无法投递的远眺
兼作邮差的半神呵
黄昏过境加重
到达把雨下在雨上的隐士村

此间天空低矮，寺院噤声
我寄宿的喇嘛禅房尚未竣工

你像一块巨大漆黑滚动的石头慢慢靠近
哽住夜的喉咙

* 巴荣峡谷：位于拉萨与那曲之间，念青唐古拉山东麓，海拔 4500
米以上，系隐修者较为集中之地。

3

隐士村中七位隐士
七位大师，七位世外高人
七桩隐痛。而雨声扑灯
而我面目苍冷
左耳稍大。偏食。已婚

他们中的一位
今晚有信

4

替人送信的半神
你的裤管沾满雨水
你背弯得低于两声犬吠

作为一个内地旅游者
我正试图从一本书里
读出你的心思和你的命运

5

他们心里有佛
我借穿的军用大衣可以御寒

而半神，你的手上有信

6

秉烛。礼佛。诵经。拆信
所谓前世和来生
无非两封信
一封迟迟没有寄出
另一封被误投给了冰雪女神

我怪谁呢
脊背上挂满旱獭的半神

7

以信为马，提灯还家

在念青唐古拉山东麓

巴荣峡谷隐士村
我所见到的半神
是一位讲藏话的邮差

1990 年代

风铃

必须正襟危坐
以独对早课之后
寺院深深之大静

袈裟不动，经卷无唇
唯有风铃儿叮咚
摘取着众法器的聆听

风的铃，铁的心
类似猫儿的脚爪轻挠寺院的门
叮咚，以及叮咚

类似昨晚有人正待自钵盂中
取食七粒寒星，俗世上偏偏有谁
站在自己的婚姻外面咳嗽了三声

而现在只是风铃儿叮咚
大静拂体犹如羊毛加身
尽管不冷，真的不冷

屋檐上的风铃依旧叮咚

2001.9.5

在纳木湖畔跟随僧俗转经有感

美丽的纳木湖畔
生命是如此短暂
七堆经石，三处桑烟
一群白羊和四位朝圣者
渐渐走出一年中的一天

谁，谁在大地上漫游
加重了旅馆和路途的负担
谁在晴朗的高空中擦了手准备吃饭
想不起亲人时
端着碗

这是在美丽的纳木湖畔

九月底的一次鹰飞
已迫近你家门槛
而风吹经幡，鱼在水底
鱼的眼是两扇窗户
露出雪莲姑娘的十六根发辫

美丽的纳木湖畔
我在单衣四顾中发现生命短暂
然后就看见
五个喇嘛诵经，两只水鸟洗脸

1997.1.10

空着

在匹马与群羊之间
空着一面山坡

在山坡与季节之间
空着一条路径

在路径与寺院之间
空着一些身影

在身影与殿堂之间
空着一段黄昏

在黄昏与晚课之间
空着一卷经文

在经文与念诵之间
空着一条藻井

在藻井与壁画之间
空着一些寂静

在寂静与僧俗之间
空着一席晚风

在晚风与顾盼之间
空着谁的一生

2006.7.17 于北京

有关骑马西去

有关骑马西去，有关再往西去
一遍遍地翻越自己
马蹄声碎碎遍冬季
满脑袋醉意一次次醉到
库尔雷克山以西
风雪又起，西北偏北
早已被刮得铺天盖地
遮蔽我也遮蔽你
唯独留下库尔雷克山以西的冬季
给记忆

唯独留下库尔雷克山以西
被一场大雪堆砌成世界的四壁
这就是为什么每回骑马西去
我们总会与一身冰冷不期而遇
继续向西只能是
沿着自己一路逶迤
直到库尔雷克山以西无边无际
也使我们自己无边无际

有关骑马西去，有关再往西去
冬季一旦触及库尔雷克山以西
也会触痛
我们偶尔转过身来，面对自己

1990

怀念草原

这些日子总想草原
常常漫不经心地听见
月落声　火焚声
甚至年轮的回旋声
在我体内的关节里　转动

遥远是一种感觉
湖泊含盐　雪山高耸
羊群的洁白可以构成一种心情
只是羊儿尚在运送太阳的途中
而时移事往
时光扶我走过寻常一日
重新站回乍起的风中
只因我的瘦　如梦
我本是诸神和大地眼中
一抹容易被梦疼醒的红尘

逐字逐句　自马背上读完一长卷黄昏
仿佛还有最初的落照　遗落于内心
使我一生不能平静
现在，半个月亮升上山顶
月光如水，通常只在岁月的河面上
反复搓洗三个人——
神、相爱者和牧人
我必须闭上眼睛

才能把他们一一认清

听，深夜火堆边　传来
牧人们焚月煮酒的声音
无数骏马的影子驰过
它们汹涌的蹄声
正从我嶙峋的指尖
逐一燃起
使我联想到所谓一生
不过是草原上空
那去得不远的哈雷彗星

岁月对面　白马母亲
她隔岸轮回着我们

1992.4.13

尘间羁旅：遥忆 10 段（节选）

*

理塘一夜
火塘将熄

我始终没能听懂的仓央嘉措情歌藏语版
将把时间，保持在简易木楼的第二层上

银饰，逐渐增多
继而，又慢慢减少

而火塘一侧，这是个容易产生灰烬的夜晚
在那之前，总是情歌和火焰

*

古版经卷，谁看着你
谁就会感到自身短暂

即便高僧大德，有时
也难免触指生寒

一种来自古印度的轻寒，如纸

而就在这些纸的下面
十万法门，仅露一缝
也仅容一人，仄身行进

不客气，您先请

而天色，将在下一页经文里
暗淡下来

*

格拉丹东，三江源头
整个夏季其实是多风和干燥的

五十公里范围内，仅见的牧羊人家
寒瘦的丈夫和他丰饶的妻子

偶尔能从说唱艺人路过时
留下的三弦琴声里，听到雨滴

而我记得自己经过那里时
身体基本也是缺水的

但我却听见我的嘴在对两只手说

打开吧，江河

其实，那是下游一直发生的事情

*

尽管鱼儿正在消失
水仍比看起来要深

湖岸上的夏天
一般都因野兽而泛蓝

而我，则像马蹄下的一只蹄铁般
醒来，发现每匹马的生命
都是阳光下的一个万古时期

从夏天到秋季

只是尾随其后的冬天
则远比大风雪来得更早和突然

2009.12.30 下午，于北京

藏域诗经 49 章（节选）

云白水碧，日色染襟
偶一凝神，青稞起身

深秋浅笑，美好如刀
心田荒处，有羊食草

星随夜坠，魂到手随
人间阿姐，世上藏北

佛法难求，人生易得
我命抱我，你抱什么

花开误己，人事可期
天意难料，旧雨新知

此生此时，怒马向东
记忆速递，前世黄金

神佛满天，羊在草原
篝火映脸，命为君寒

我在世上，斯人何往
心若幼马，卧你身旁

锦心绣口，爱你良久

谙达世情，菩萨挠头

夜与天齐，秋与云平
苍天在上，风吹水响

羊贱伤牧，瘸马起舞
敬水为母，尊山为父

苜蓿怀胎，裸麦灌浆
浅水盈耳，此生难忘

一众喇嘛，不急不恼
两把藏刀，肝胆相照

蛹蜕蝶现，大美无言
群山错落，涌出秋天

水积风厚，大伪如真
同世为人，天寒云冷

斩铁铸刀，刺血抄经
花开半夏，雪落一冬

身似青萍，心如庙堂
于愿已足，不遑多让

情系众生，手结法印
斯人如神，半点佛心

只玉未琢，百石成伤
一念新月，一念斜阳

山奉禅意，水漾天堂
半个莲花，灿若西藏

2009.11.13 于北京

巴荣峡谷纪行

那个上午，天气大致晴好
有鹰在半空中晒自己无声的滑翔
而峭壁之下，修行洞前
也有人晒着经书和他藏密式的玄想

偶有涧水的喧哗，缓慢爬升
又被过路的风，拂落渊底
而雪线与植被相接处，冷暖的制衡
是一场克制隐忍，不见硝烟的战争

我所知道的巴荣峡谷，那壁立千万年
又东西纵深十余里的沉寂中
始终跌坐着一朵藏红花的红

稍后，时光被从山下寺院走出来的
一匹马，拖到了我对面，正午的山梁上
使我再次确认，我尚在旅途
便也是跋涉于茫茫时空，无尽的轮回中
不愁景色入眼入心，何患人事入缘入命

及至天色一路逶迤西斜，是几声远雷
携带来的阵雨，把我和一段归途
送出了峡谷。最后，我在谷口看到
有一群羊，正将半坡草色，逐一拾入腹中

人间天上，似乎总有些什么
能历世事迁移而息息相关
寒暑易节，向来不乏俗常的生命
虽时空阻隔而心心相印

时至今日，每当想起巴荣峡谷
我便会不由地耸身而起，准备去承接
两肩淋漓的雨意，而内心深处
则一直侧卧着一段，非静观无以持恒的安宁

2009.11.10 于北京

夜青海：14支谣曲（节选）

*

青稞抬进乡村
一盏马灯

月亮失足坠井
两声扑通

*

今晚满天星
神佛入定

玉树喇嘛庙
聚水敲钟

*

光身子梳头
乳房担忧

抚住旧腰臀
爱情放心

*

柴达木没柴万里沙
迎送生涯

野马滩无马十枝花
枉开一夏

*

肝胆不相扰
十把短藏刀

湟源有好汉
误入牛角尖

*

九只马眼睛
认出我命运

八只羊犄角
举过大半生

*

花牦牛反刍五更天
草色染绿鸡鸣

黑鹂子晨起去打水
一百单八桶黎明

2004.5.11 于北京

大地你好

喜马拉雅
七丈深的寒冷中
八匹雪豹睡觉

纳木湖畔
千万滴的恩情里
两只爱情洗澡

花开万载
拉萨三大寺
佛光堆积于天空

鹰飞上下
藏北春来草木深
百万牛羊身陷其中

马帮上路。马铃儿的响声
纷纷抱住墨脱珞巴人村寨中
三棵思念往生的古树

牛皮船颠簸。雅砻江面上
无数藏域春秋竞渡，一时间
惊起古格王朝时期的七只鸥鹭

男人带刀
独有英雄驱虎豹

女子佩玉
一首藏歌拉扯大多少好儿女

游牧高原。骑手们裸臂执鞭
其背影明显高出岁月
也坐实了雪线上下的寂寞

独对一派冷暖
大地你好
帮我们扶住这美好人间

2001.6.14

在路上

我进了寺院
我拜了佛
我走在回来的路上
心里有些踏实又有些忐忑
我看见坡上有羊，白得很是良善
又遇到河边站着匹马，红得多少有些决绝
请别说话
让我独自寂寞一会儿
我是在等一阵淡淡的青草香味儿拂过平生
如同有风静静吹过羊圈那边，一堵低矮的石砌短墙

2010.3.20 于北京

当世界局限于一匹马的时候

当世界局限于一匹马的时候
我感到内心安宁
仿佛坐在我家前厅
使劲想念你们

一匹马的出现可以构成一种想象
一些场景。这是一种深度
而别的东西不会。它表明
爱你们的时候，我可以亮出舌头
舔舔自己干燥的灵魂

如今水和雪一样干净
马在湖面上形成投影
像半粒食盐
纳入雨水的嘴唇

现在阳光的前爪伸过来
现在阳光的爪子停下不动
它就喜欢看我，两手空空
坐在运送梦想的途中
经历内心

当世界局限于一匹马的时候
一阵马嘶可以是一顿午餐
或者一张发亮的老式门板

我只是用想象和眼睛咽下它们
顺便舔舔自己苍茫的表情
以证明自己始终无法忘怀你们

1989.9.6

有关打猎小说的某一章
以及我的狩猎印象

豹子到这样高寒的地方寻找什么，没有人做过解释。
——美国作家海明威《乞力马扎罗的雪》

非洲的狩猎营地
乞力马扎罗山附近
非洲豹的牙齿在哈里和海伦的
脑子里锋利无比
远胜于兽血涂面的古老部落
剜掉坏死的肌肉时所使用的刀子
夜色，像第四只黑色的大鸟降临此地
（并且仅限于像是第四只）
其实，打猎是某天早上
我剃完胡须以后的事。打猎
就是去反复推敲一头豹子
以及豹子以外的什么东西
记得那回我和几个珞巴猎手
在喜马拉雅北麓一带紧张神秘
一头雪豹踩着我们的目光走来走去
利爪抓疼了我的记忆
多年以后，仍有一张残忍而美丽的豹皮
悬挂在我的印象里

1986.3

辑
十
一

隔山喊人
全世界就你一人纷至沓来

掬水认妻
待我备妥一个更好的自己

有一种惦记近乎疼惜

昨夜星辰，惦记着今早
尚泊在马背上的微茫晨曦

静静雪野，以一行仅见的蹄迹
惦记着一只羊慢慢踱回自己内心的过程

尽管芸芸众生里，除了你，没有别人
能将我的一生穿戴得比我本人还齐整和体面

必须承认：我们已不再相爱，我们只是偶尔惦记
仿若淡淡阳光顾念着安详时日，且有莲花开向灵
魂深处

是的，我们只是彼此惦记。但有时倒也真的
真的近乎，疼惜流落人间的另一个自己

2008.12.15 于北京

你

藏北十座山
九座大雪山
剩下一座耸峙着，谁的半生嗟叹

你在世上吗？我咋没看见

拉萨三大寺
法门就一扇；其余门板
虚掩着，泥菩萨安居的整个夏天

众生里有你吗？我光祈祝不敢盼

甘南八面坡
六面新草坡
剩下两面荒凉着，谁的一世惦念

你在人间吗？偏我没遇见

阿坝五棵杉
四棵已参天；倒下那棵
锯断抬走很久后，世事咋还一地零乱

轮回中有你吗？我只心疼没法怨

2012.10.6 改定于深圳

草黄时节

九月鹰飞，十月草黄；
我命惶恐，数马忘羊。

夕阳若禅，隐于苍茫；
暮色四合，七星执芒。

寒暑易节，略感怅惘；
举灯还家，始知夜长。

火塘尚温，世事转凉；
风声盈耳，犬吠胜霜。

枉自萧瑟，实则无妨；
念你如经，偶有泪光。

2007.10.13 初稿于北京
2020.2.20 新冠肺炎疫情期间，定稿于北京

鹰在飞

西藏风马旗下，牝马诞生
村庄里一枚哑子绿松石
爱你成病

而鹰在飞
鹰之飞其实是一座庙堂在飞

端坐在四张生羊皮上，经石艺人
远隔头生儿子梦见羌塘草原两盏灯
那是神睁开眼睛，看见
路无路可走就走在路上
天空无处安置便摆在空中
而鹰飞上下，民歌里探头的羚羊双亲
从积雪中扶起去年冬天
爱情衔草过活的声音

挪一挪日子，挪一挪亲人
一生是我打开和关上一扇门
听见隔墙有位累世的自己
至今不惯此生

正当轻雷滚过初生牝马的内心
骑鼓渡湖者伸手触到两服藏药中
一种为大地疼成三截的草根
恍若此前天葬师身着袈裟的女儿

在我体内光着脑袋诵经
——唵嘛呢叭咪吽
正当怀孕的鱼搅动了食碗里的水
那鹰之飞其实是十万经石在飞

而牝马折颈，朝着
象雄古国后裔们的一次新婚
除非是你，还有谁会在一生的情义中
只对我一人击掌和摇铃
鹰飞的时候我想到了巫师的咒语
以及修行洞中有人禅坐七年的秘密

此间我那些吃糌粑、牧牛羊
敬神佛的兄弟，三次提到了朝圣
在孩子们拾走金属上的光芒之后
你和世间一切鼓励过我的东西
仿佛都在下沉
唯独牝马试步，鹰在攀升

而鹰飞其实是一架雪山在飞
抑或是一片湖水在飞
其实是一包袱经书
抑或是一部辉煌的天梯在飞
云也离开了草地和风

动一动身子，动一动命
初生牝马两姐妹
一个叫绿松石一个叫银
而鹰飞无声

1996.8.17

下雪的一日

雪，零零落落地下一阵，停一阵
再一阵簌簌忽然大起来，又小了

大地上一度纷乱的脚印，由明晰渐渐模糊
想象中的新一行足迹，会由何人以及为何，最先
踩下

风绕过白塔，举来我耳边的
一阵马嘶，又被更大的风猛然折断

隐约有些遗憾：一个可能需要独自穿越
整个冬天的人，也许我们永难谋面

转念想到能与斯人和众生，同在一个地球乃至一
个宇宙
又让我感到非常幸运。在这下雪的一天

2008.5.28 初稿于北京

2008.6.26 定稿于北京

云南迪庆：24段谣谚（节选）

*

迪庆无庆典
彩云之南

今夜有歌舞
好腰胜出

*

鱼儿抱水
想你耳垂

银子很凉
爱惜肩膀

*

"我的忧伤像一部经书" *
——你读还是不读

---

* 迪庆民歌。

你的婚姻里闲着把木梳
——我头发乱了谁梳

*

正当青石摆了新草一道
路途尚在怜惜幼马的试跑

及至中宵摊开我的无眠
月光才刚漫过羊儿的腿脚

*

掬水认妻。人旧了一点，河新了一季
待我备妥一个更好的自己

隔山喊人。全世界就你一人纷至沓来
连我自己，都像是还困在别人的身体里

*

谁在怒江边

喝到过水的肚脐眼

记忆多半有副模糊嘴脸

谁从藏药里
吃出过雪莲的义乳

往事通常有个好看屁股

*

初恋掀你的袍子
风儿吹你的身子

像月光洗白的银子
做我亲爱的戒指

*

背起自己的此生去朝圣
阿哥如何启程

带上别人的盐巴去相亲

阿妹怎么忍心

*

小小羊儿乖乖
多陪花儿开开

花儿要是不开
羊儿你也不乖

2004.5.12 初稿于北京
2020.4.15 定稿于北京

香

香。
花香。
栀子花香。
栀子花香在北京，
德国世界杯足球赛开幕的晚上。
它那刀锋般凌厉的香气，
拂落了我始于去冬今春的一段怀想，
也顺势划破了 6 月 9 日午夜，
闲搭在椅背上的半幅月光。

香。
草香。
牧草之香。
牧草香在高原羌塘，
青藏铁路开通之前的某个早上。
它那翻滚于大地之上的茂密香气，
被本教咒师直接砌进了寺院的围墙，
并染绿了注定要在 7 月 1 日零时零分，
因突然爱上远方而格外苦恼的一只母羊。

2006.6.9 午夜，于北京

河边发生的事

那天，路是沿着河走的

它反复指点我远离河岸
又不断引领我回到河边

那天，刚下过暴雨，河水陡涨

其间，看到一个骑马的人
恍似自时间深处，闪身而出

他在河的对岸冲我大声喊了些什么
却被湍乱的河水，更大声地逐一拦截

那天，那人喊完话后拨马便走
像是他从未出现过，一切也都不曾发生

那天，我在此岸怔怔地站了很久
至今不知道自己到底错过了什么

记得那天暴雨过后，道路普遍沿着河走

2010.8.11—9.1 于北京

藏北羌塘：一个背包客的秋旅印象

海拔一点点举高了藏北牧区
草色一茎茎排开了万里羌塘

那食花饮露的羊儿成群地白着
那逐风而嘶的马儿孑然地红着

在半坡残雪捧出一顶帐篷给我遥望之前
天地间我明显感到了作为一个人的孤单

直到后来出现的两位朝圣者磕着长头
把我引向措那湖畔的野炊和日暮

此际天至高，不过三五朵流云
便慰藉了我在大地上曾经的仰止

此湖水至宽，波光粼粼的一夕晚照
仿佛正把自己渡入一面银铸的古镜

然则，偏就有那么一尾失伴雌鱼的苍茫一跃
霎时惊动了我眼前这个寂静、庄严的世界

适逢海拔正一步步举高我的此行
同时草色在一寸寸推远我的此生

2006.7.29 于北京

434

迷羊

湖水映脸
湖水映出一张羊脸
羊猛然怔住
以为撞见了隔世的自己
很像是我们在人间初遇时的样子

那站在湖边的羊儿，先是惊异，继而迟疑
不明白自己，是该视而不见地继续俯首饮水
还是应当避开满心好奇，赶紧掉头离去
这也很像是你我，在世上由陌生到熟悉的某个桥段

彼时湖水清澈，倒映于水中的部分天空
连同刚好目睹这一幕的我，也都脉脉地澄明着
只是羊和我的感受，大致都似有鱼自水下
吻向湖面的一朵涟漪，将原本明镜似的安宁
荡漾得多少有些潋滟
这也很像是那个夏天，我在藏北高原深处
隔山隔水想你时的内心，有些幸福偏又疑似辛酸

就在当时，我心中满盈着湖光山色
身边不甚茂密的青草，则散发着香气
而我于此间想你，仿若那只本想去湖畔饮水的羊儿
却因探嘴够向水面时，劈面邂逅了倒影里的自己
恰似我于此生恍然窥见彼岸上的自我
竟也在某朝某代的某处湖边，凝立着想你

任谁都不能不为这种意外的遭际，惊得掩口屏息
直到湖的颜色，把我和羊的眼睛一起映蓝

后来发生了多少事啊，大多竟已不明缘起
可我至今记得，某年某月某日下午晚些时候
在很高很远的天地一隅
有湖向人间蓝着，有羊替世界白着
而我也好像不光为你，也应该是为我自己
空茫且默默地伫立过一阵
及至那羊且惊且喜地在饮水后离去
随即天光向晚，湖色暗淡下来
我又为你和自己多站了一会儿

2010.3.20—22 于北京

静

正午。小寺，大静

忽然，有敲门声
由缓渐急，从重转轻，继而消失

像极了很多事情的发生发展过程
却始终无人，前去应声开门

在小心虚掩着的寺门背后
泥塑菩萨听到

有一片远古的巨浪
正从斑驳的壁画上滑落下来

在触及地面的瞬间
海浪居然摔出了玻璃碎裂的声音

2009.12.29 下午，于北京

藏风藏俗（节选）

*

大雪上山
众马深眠

湟鱼出浴
半个婚礼

*

好男惜肩
好女爱腰

雪域儿女
一生带刀

*

袈裟如风
喇嘛护生

两部藏经
草木惊心

*

食羊饮酪
衣皮睡毡

十万羊圈
迎住秋天

*

风马旗下
高僧打坐

渡完众生
再渡你我

*

朝圣拉萨
金银当献

生死恩怨
天葬了断

*

藏红花红
黑牦牛黑

默数轮回
为你落泪

2001.6.14 于兰州

仪轨：深，抑或更深

夜，静了
其后便是冷，逐渐加深

渐渐没过了当惹雍湖湖岸、废弃的羊圈，以及
藏北偏北，一个古老自然村落，背后的山顶

甚至没过了玉本寺，三个本教僧人的茶盏，以及他们
为我这个陌生访客，特意安排的一夕晚课唱经

灯火映脸。搁板上传统的神舞面具
仍保持着象雄古国年代，鼎盛期的表情

在腿骨法号与黄铜法器的一片喧嚣中
我却为何感到了，生命内部的一派深静

有些事，不可深想，深想误人
有的人，不堪深疼，疼则锥心

是夜，在由冷转暖的，我身体的宗教里
门庭干净，香火清幽，我执念若仪且又心口如一

而户外，我在藏北羌塘乃至整个人间的部分岁月
尚在进一步加深

2009.11.19 上午，于北京

过客

静静地等候摆渡落日的牛皮船那边
一条青稞让出的小道，渐行、渐远、渐晚

与手执玛尼轮的朝圣者同渡此河，佛呢
与简洁到独自一人的今生登临此岸，你呢

此去拉萨八百七十里。一条久远的路
汽车走过，运盐的牦牛驮队走过，负经的喇嘛走过

岩边水边，通常我以为无路可行的地方
偏偏会有人从对面走来——那到底是谁呢

曾经告诉自己：面山你要虔敬，临水你要明澈
即使这条路需要独往，即便这种日暮也曾哭着走过

牧羊与酿酒的村落，为一夕弦子舞燃起的篝火旁
今夜，是否会有人，悄然且怅惘地忆起曾经的我

——在那样一条长远而冷清的路上
有过那样一位总拿自己当归人的时间过客

2006.7.16 于北京

帝王

帝王用金碗吃饭
吃完了饭，胃里一片寂静
帝王用朱笔写诗
纸上出现了半壁河山和一截
宠妃的身子

是年九月，父亲暴死
一袭花衣　想念着早年间
故乡的家徒四壁
静静的月光照我照你，也照着她
始终露出在童年之外的
半只玉臂

是怎样刻骨的仇恨
可以加重车辇和箭矢
帝王想混入漆黑的财宝
彻夜默坐，独守一支病箫
像一个真正的平民那样　工匠那样
活过了一天　忙完了一年
晚上扛着半截月光回家
夜里说点梦话

黄袍加身，醉卧龙床
床是做梦和接引龙雏凤种的地方
宝马饮血　佳人噬玉

照你在三千红唇上
称你的帝　做你的王

残阳如血。信手摸出一段
南方可以载舟覆舟的河岸
遍地芦苇撑出一条木船
身世贫寒　钢刀坐满
宫中倘有佳丽三千，这里已是义军十万
美丽芦花想要顺利飘过这个秋天
已经很难

1991.11.15 于深圳

失去

在自家门前拴匹白马，是何等阔气
这在北方牧区十分常见

马垂鬃而立，风举来阳光洒在身上
而它不动，仿佛在琢磨要做的事情

只是现在我和很多人一样身居闹市
如果我家门口站匹白马绝对可疑

我不知道自己失去了什么
但必可珍惜

2001.6.11

秋天：小心杀手

秋上心头，渐成愁

而杀手已经派出

山岭背后是藏历九月
有人驻马天下，听取风声一片

藏北草原。久立。薄寒
谁的心已如闲寂的器物
再容不下一人一事

据说，杀手已在半路

那连天的衰草，酷似例无虚发的暗器
七分凌厉中，外带三分销魂

想当年，同样的草叶可曾飘落于
静坐于菩提树下的佛陀身上

及至夜半，月如砒，冷如刀
世上的乱事，如何码放才算正好

又有人说，杀手
其实早已躲在每个人身后

他们有个统一的名字，叫时光
且有足够的耐心静候岁月露出破绽

原来一群人和一个人的面容
一样，这么不经想

秋，才下碉楼，又上山头

我原本很高兴这一天
过得宁静、平安，一如往常

只是沉默打在嘴上
明年会长出更多的沉默

世间，到底谁已真的准备好
可以接受杀手随时出招

且看众羊拾草，秋意渐高

2009.10.26 于北京

路遇的朋友

当时我骑在马上
当时我点燃了一支烟
当时他骑着马冲我走过来
眼里没有央金或者卓玛
或者别的什么
当时他勒住马头问我借火
当时他没说别的
当时我和他的头发都在风中飘着
这世上的很多事既然至今也还难说
我们当时只好选择沉默
当时我们只是交换了一下方向
然后打马又走
从此天底下我多了个
忘了去问姓甚名谁的朋友
一个再难一遇的朋友
一个和我一样　宁可自己寂寞
也不肯让路本身闲着的朋友

1986.1.21

庆典日

藏密山水
弘法菩萨
瑜伽草木
参禅牛马

黄帽上师
红衣喇嘛
三桩盛事
一地喇叭

草原这边
良犬善花
疑似爱情
胸小臀大

鹰飞逢七
彩衣满八
珠宝开口
歌舞说话

百万羊角
昼夜分叉
十河月色
入桶还家

2010.1.8 于北京

远方远了

远方远了
我牧放过的牛羊远了
爱人和她刻意为我
驻留过半晌的雨水远了
一如神佛远了、经幡远了
月光菩萨裸裎于午夜的
一段腰身远了
在青稞中禅坐的婴儿
和怀抱他的四季远了

我滞留于婚姻之外的
三声咳嗽远了
谁的前世做了我的今生也渐渐地远了
我遗落于人间的一枚锈蚀的蹄铁
和它曾经的行走远了

似乎一切都正在起身离开
而我还装作刚刚到来

2004 于北京

辑
十
二

拉萨河畔
谁的前世正打算褪去鱼形
弃水上岸

去找自己的今生好好谈谈

小小意外，在温暖宁静中发生

转经前后，玉软花柔

下午的时光，温暖宁静
一切都像是懒得发生

让听去听，让看去看
如果不是佛祖打来的电话，请挂断

我本以为，所谓一生，不过是
把事情分装进二十几个纸壳箱
然后坐下来，等后果慢慢托运前因

只是一切都尚在整理中，只是
温暖宁静，已成为其中珍贵的部分

如果我此时望向人间
很像是举目无亲
又似乎没什么可担心

拉萨河畔，谁的前世
正打算褪去鱼形，弃水上岸
去找自己的今生好好谈谈

转经前后，实则玉新花旧

2011.3.3 改于北京

世有桃花

雅砻江西岸，蒙蒙细雨中
一小座藏寨之外的大片桃园
竟有七成桃花，一并开成了
远近口口相传的一处暮春景观

盛况当前：那些于微雨湿冷中
普遍开得拖泥带水的耐寒桃花
竟疑似藏戏团女演员，在台上
高调群唱时，但见满目红口白牙

别人告诉我说，此地高寒
类似桃花很少坐果，多半会是谎花
胜在春渐浅而花尚深，似乎
最是那无果之花，只消负责一段美艳

适逢有风乍起，使得众花一派哗然
倒也酷似一众姐妹，于斜风薄雨中
提了裙裾，笑闹着，施施然
就只负责顶花戴蕊地路过人间

此前，曾听闻两位年轻僧人
于另一片桃树下用藏语辩经——
问：因果循环，善恶何辨
答：世有桃花，美若菩萨

2011.2.10 于北京人工降雪日

天堂眼

风声远去，轻寒依旧
江河源头，落雪深静

古寺新僧，才刚结束一堂晨课
十万法门，至少递增三寸澄明

谁不是离开此生便没处投奔
谁不是绕过世间便无迹可寻

倘若此际天下，正有三羊临山，再看云起
何苦着意避免，偶有五鱼登岸，初听水声

而远在茶卡小镇，之前曾有四只马蹄，轮番叩击着
新铺的柏油街面，其中一小段，恰如我旧时的脉动

藏域传说，天堂有眼
不舍昼夜眷顾着人间

你看，至少青海湖上，每一滴
湖水中，都始终醒着一颗佛心

2009.2.26 于北京

桑丁寺一日

莫向早课执灯
阶前尚存月痕

莫向午后辩经
坠叶最易入心

莫向黄昏立马
上师要忆晚云

2006.8.4 于北京

转经途中

晨起转经
与僧人摩肩，错以为初心已然出离无明
跟香客继踵，再认回因果尚在经世途中

此际，我可能
既是执灯者、煨桑者、化缘者、布施者
也是诵念者、默心者、成就者、落败者

或许还是失亲者、苟活者、投胎者、转世者
祈祝者、还愿者，甚至嗔痴者、执念者

约等于我同时既是男人女人、长者幼者，也是
中国人外国人，任何一个当地人或内地游客

走着走着，类似感觉，越来越像是
有个我，正与累世无尽的自己，熙攘着
按顺时针方向，一轮轮地绕经一种堂奥的哲学

你可以笃信这人间应该大家都在
也可以推论这世上其实基本无我
即便我正在转经的人群中
或坚执或犹疑地，一步步蹀躞着

近午时分，骤然记起一首吐蕃古歌
——吾有一事，生死与之
　　只为遇汝，亲赴斯世

然则，当我辗转入世成为眼下的自己
那个过往、如今、日后，以及
久远抑或短暂的你，又分别都是谁呢

况且，何人何事哪堪参破：遇到又如何

走着走着
我怎么竟然走出了眼泪

　　　　　　　　　　　2012.7.1 初稿于深圳

参悟

且总有些什么
在上师趺坐过的地方
保持着缄默

——不说即说

缄默如经
我既然未曾翻开
又当如何彻悟

——悟即非悟

黄昏，继而入夜
且点灯吧
先照命，后照心

——我的命，谁的心

偶然中的必然意外地发生：
我头顶上的藻井画中
悄然飘坠下一匹黄叶

——画中叶即世上叶

我心动了一下
我命一言不发

2006.8.1 于北京

上师

心潮一湖
未免心思潋滟

心净一室
偶感心弦震颤

心药一剂
适用心病三段

心意一瓶
配合心香两瓣

心灯一盏
释疑心经一卷

2009.12.21 于北京

湖畔记事

藏北之秋很短，就如一把
只有五六寸长的银鞘小刀

悬在背着半圆形的镔铁桶
每天去湖边汲水的梅朵腰间

这湖畔，赶羊驮盐的康巴汉来过
贩皮毛的回民和东乡人来过

某位胃溃疡严重的援藏干部
甚至听说，佛也来过

一个过路的汉族司机传言
梅朵穿镶皮边的藏袍时，比较好看

而藏北的秋天，有时真就会比
一把女式藏刀的牛骨刀柄，都短

就在梅朵要去背水的湖边，此前
曾有一僧，闭目趺坐，观想心底微澜

而湖水始终睁着鱼的眼
因此水醒着，岁月醒着

短暂的秋天结束之前
我和背水的梅朵，只在潮边见过一面

就像我和很多人那样，在世间注定只能
彼此见上一面、两面，甚至永难相遇

似乎，不够用的日子总是太多
岂止于藏北，也不限于秋天

只是无碍大朵的云彩，仍不舍昼夜地
自湖面向对岸，渡自己白茫茫的影子

2009.11.4 下午，于北京

北地苍茫（节选）

（三行诗）

*

北地苍茫

七匹狼
砸向远方

*

一堆度母骑鼓空行
十片薄雪立足未稳

筷子出嫁，碗伤心

*

人人心里有真神

闪电照出的四人，集体供奉着
一尾雌鱼腹中五岁时的黄昏

*

春天撞上南墙，寺院的墙
一日西藏，半世敦煌

马灯迎娶的新娘，乱草中的一丛茴香

*

白拉姆女神，半支口红点染一片远云

藏医家中摆放着一只鸟的飞和这只鸟用剩的全部
天空

是正确的老虎在代替我四处打问：松赞干布时代
哪声咳嗽疼你最重

*

以你为家，豹子要开花

爱情说话，露出两颗虎牙

一尊意外的菩萨携水而来

*

挪一挪日子挪一挪命

所谓一生，无非是我打开和合上一卷经
听见静极——你和你的身体又是谁的叹息

*

鼓声的花朵，酥油的花朵
众生聚合，为何不见你我

所谓远方依旧是恨而不嫁抑或爱而未果

*

众草抱大幼马
回到寺院的墙下

两尊过路的菩萨，面若桃花

*

马跑如风，时日散尽

而伤心是正确的
你必须扶好坐稳，倾耳聆听

*

两把刀试图生儿育女，却隔着三坨牛粪
和半宿肚皮，坐成了一对悍戾的夫妻

风吹草低处，娘哭一回自己哭一遍你

*

歌舞湿鞋。击鼓的阿姐
渐渐走出一个人的九月

牦牛的婚礼，逐草而来

*

拎一桶月光饮马，抱三捆风声喂羊

而菩提盛大。巫医神汉家中
有针对六道轮回的三杯闲茶

*

天地欲倾一方。一连四个季节
像首尾相衔的四只小羊

怀抱青草来到世上

*

佛静如钟，如一场空

除非你我，谁还会叫整个人类这样久等

倘若再次路过贡嘎，诸神啊，请在我家门前击掌
三下

*

如是我闻：佛陀点灯，渡我平生

而斯人，却在纳木湖边
摆渡一记隔世的旧吻

*

安多三日，两大堆歌舞

一口袋婚嫁，去往比如

花儿红得糊涂，何苦把往事弄哭

*

生存的秘密伸出手摸一摸河流

我看见最后的狮子举着自己的毛皮在街市上换酒

其实路已经停下，而投胎转世者仍在急急奔走

*

一百零八盏佛灯抱病前来向我索要一根火柴

时间意味着：你的左手偶尔要为右手发愁

走时你走、来时你来，我已无法装作自己不在

*

转经道上，一座行色匆匆的羊圈

它的前世是位东亚的可汗

成也草原，败也草原

*

把十万鹰飞一并拿在手上
喇嘛气壮，喊来一个远方

而北地依然苍茫……如羊

1998.8—2003.1

塔尔寺燃灯节[*]

连续九天，以灯点灯的众僧俗之中
其实没我

我在我之外

或者，我是在酥油之中
黄铜的灯碗深处
暗忖，如何通过它们抵达一片澄明

整整九天
藏传佛教的灯、俗世的灯，相互照耀
而彼岸的灯、眼前的灯和心里的灯
将合而为一

诵经、合掌、祈愿
一年之中仅此九天
灯光需要在夜里累积
虔敬也需在高处安置和点燃

倘若此间，你也顺便把一盏灯提来世上
便会照出佛前有我

---

* 青海塔尔寺于每年农历十二月二十二日起，举办纪念宗喀巴圆寂
的小法会，历时九天。其间，全寺房顶不仅会有僧众高声诵经并
吹奏法号，且要连点数天的万盏酥油灯，故又称"燃灯节"。

恰如其后，如果我将这盏灯艰难举出人间
必因憾恨众里无你

一阵风来
前后左右翻卷出一片灯海
我向内心深处一看
菩萨和大家都在，原来你也还在
我对此感到放心和满意

仿佛灯在暗处沉下阴影
阴影却又隐约渴望，被灯的手指轻轻拂去
在一灯之外或众灯之内
有我？无我？然而我在

2009.5.14 删改旧作，于北京

孝登寺内部的那曲之晨

存放在孝登寺内部的那曲之晨
除了泥塑菩萨，还有谁
会在平明时分感觉自己腰美胜草
当准备早课的年轻僧人负经穿过藻井
经堂之上的七声鸟鸣突然啄住了一段聆听

雨没有下，树叶一直在掉
但也不排除楼梯上针对天葬事宜的
三种动静，会将时日延续过来的可能
低于伤心的一阵狗吠挟持来一位经石艺人
他盲目地看见：被损害的佳丽
在四块银中濯发净身；而壁画背后
众法器正在集合一次金属的吹鸣

护灯喇嘛提到噶厦政府时期的两包袱井水
一场大火几乎殃及藏红花儿开落的声音
而灯在点灯。其实灯已被转世者点入水中
半枚佛牙同时在八座佛塔和我内心深处打坐
使人类的遭遇普遍口渴

一如草原上始终缺乏正确的老虎
和它们惬意的行走；貌美若羊的少女
在歌谣里怀抱乳房轻轻摇晃她们的初恋和身体
此间暗香浮动，让我看见马肚子下
悬挂着那曲以北广大无边的早晨
孝登寺门前的夏天，曾被谁
用来安置一日当中的一生

1997.4.27

拟禅诗·从一开始

一季春尽
两朵花

三次鹰飞
四堆沙

五样法器
六喇嘛

七个轮回
八匹马

九个瘦子
十碗茶

化一人为众生
面山入夏

化众生为一人
疑似冤家

2008.8.15 二稿于北京

七星

广天一夜，草色击铁

月光的马和羊没入山冈
狮子脱下毛皮亮出一团骨血
自诸神的庭院
掘出人间失传已久的宝石七颗
（七星、七儿女、七条命）

七座雪山深夜叫门
进来七只眼睛
看见乱鸟拥风而至
惊飞我一生的好事
祖传的技艺远比青草无知
我在灯下放牧，偶借滂沱大雨一哭
或者卖掉羊头、运气和朋友
去换酒（嘴唇在酒精中
遇见心正提灯照命。而我命暗处
就住着被心一点点遇见并伤到的人）

草原上的七英雄、七美女
既不因月色痛苦也不为它歌舞
广天一夜七匹狼
使我稳坐家中像是去了远方

今夜，一语成谶的七法螺
（七菩萨、七封印、七匹马）
自毁吹鸣。今夜藏东或者藏北
月光高溅仿若七座金顶
历经劫难的七种大静
聚水扑灯；而笑泪两讫的
狮子或者高僧，自钵盂中
枉自取食七粒寒星

（圣湖彼岸，白羊母亲褪下一堆笑
将我轮回为雪域高原
自秘不宣的七宗罪和七块料）

1997.1.7

塑佛者说[*]

不，朋友，我不会塑佛

我所做的
只是把河水、泥土、石材、草木和金属中的佛性
用抟、塑、锯、刻、水湿、阴干、研磨、镶嵌
甚至火烧、锻打等方式
找出来，摆在那里
给你和世人看见而已

我的朋友，要知道
在这样一个工序复杂，绝对需要虔敬和耐心
且通常情况下，都会需时比较漫长的过程中啊
如果人不受累，怎知成佛不易

2010 年元旦，于北京

---

* 根据 1980 年代末，在位于西藏念青唐古拉山西麓、巴荣峡谷深处
的巴荣寺经堂修缮工地，对来自青海的几位专事塑佛的喇嘛工匠
所做的采访录音资料，整理而成。

月夜哲蚌寺

皓月临窗
大静扑门

晚课已毕
菩萨入定

以夜悟夜，在世上
以静弈静，在心中

月色似银
喧寂人命

一枚哲学的蚌壳，在世上
一座月光的寺院，在心中

无僧无俗
非人非神

谁把一卷经读入了深夜
谁把一盏灯提进了内心

2006.7.16 于北京

我的四季。那你呢

雁翼之下，风的外侧
循着一茎跋山涉水的春色
雪豹和群羊衔命毕至，而纳木湖湖面此时正蓝
我和藏北大致如此。那你呢

拜完菩萨，遇见夏天
我只是偶然路过人间，暂留片刻
仿佛适才邂逅，实则就此别过
高僧大德基本也是。那你呢

白马踏歌，款款入夜
秋在岁月深处以一轮朗月照我
放下收割青稞的镰刀，谁不想带好一生的对错
去到晾有牛皮船的雅砻江边小立片刻。那你呢

冬季到来，禅门静雪
有很多关于命运的好坏传说都曾来过
当时日逆流成河，又被冰层覆盖
我去年放生的一尾锦鲤，究竟是我非我？那你呢

2009.11.23 于北京

轻疼

一如往常那样，夤夜对灯
人间与内心，泱泱乎一派深静

北京五环主路尚在城东。远远地能听到
偶有车轮，碾过厚厚夜色的一种滞重

仿佛记起或是想到了什么
突感轻微一疼

到底哪里在疼
究竟为何而疼

我一遍遍地问自己
既无从说起，亦不知所终

灯与夜哑然
只是疼过，蹑足潜踪式的一阵轻疼

就如一朵涟漪，静静地疼在今夜藏北
浩渺的纳木湖上，也不过转瞬即逝

亦如一瓣莲香，疼在佛之无悲无喜的
掌中，又被一阵微风拂拭而去

2010.4.12 黎明，于北京

寻找

手寻找着抚触
抚触寻找着虚无
虚无寻找着一部经书
经书寻找着一个人必要的阅读

灯盏寻找着传说中的长夜
目的寻找着可能的动机
嘴唇寻找着镌刻于银器上的一记深吻
寒冷寻找着必要的热度

马匹寻找着走失了的草原
草原寻找着本不存在的道路
道路寻找着似有似无的远方
远方寻找着隐匿于风中的归途

我在普天下寻找你
你在命中寻找一把刀子
刀在寻找一个抽象的对手
而抽象的对手则在寻找一种具体的参悟

但参悟至今仍在寻找什么
没有人能够说得清楚
通常清楚总在寻找糊涂
而糊涂还在寻找曾经趺坐于菩提树下的佛祖

至于佛祖又在寻找什么
如果佛不说，寻找本身只好归于沉默

2007.4.19

下雨的时候，你可曾见到
刚刚打伞过去的菩萨

从第一茎苇叶开始，那雨声
便被疏密不一的芦苇丛逐渐放大
于是雨声喧哗
倒不一定雨下得有多大

兀立于湖岸上的那匹马
湿透后，还是一匹马
只是更显安静
倒不一定具体为了什么

据说，滴水可藏大海
一苇得渡天下
只是这雨，下了一天了
还在下

有人自雨中返回，据说绕经湖畔苇丛时
曾遇到相向而行的另外一人
就在比肩错过之际，那人忽然开口问他
——你可曾见到刚刚打伞过去的菩萨

记得当时，雨正接近于似下非下

2010.8.21 雨夜，于北京

藏地诗篇

藏传佛教
显山密水

冬有落雪静静打坐
夏有江河滔滔诵经

百万牛羊参禅喜早
大半生死瑜伽忧晚

日月星辰皆可观想
鹰飞蛇走都是修行

多静啊，看看都静

天蓝，蓝得时常壮丽
羊白，白得普遍含蓄

一静一动未曾乱放
寸长尺短事出有因

倘有一把绰约好草
也是两代旷世绿腰

多美啊，样样都美

前生何生，自问其心
今世何世，喇嘛当值

做鱼做犬各领其命
同世为人有缘皆珍

一些事情，正水落石出
另一些事，仍讳莫如深

本来啊，这个广大的世界，我就只是很偶然地
走过路过，竟也被你深深地眷顾并看护着

两尊三世佛
背靠背，头戴红花
四匹朝觐马
手拖手，去往拉萨

多好啊，想想都好

2010.1.7 午后，于北京

图书在版编目（CIP）数据

藏地诗篇/张子选著．—成都：四川文艺出版社，
2021.2（2025.4 重印）

ISBN 978-7-5411-5883-4

Ⅰ．①藏… Ⅱ．①张… Ⅲ．①诗集—中国—当代
Ⅳ．① I227

中国版本图书馆 CIP 数据核字（2020）第 252946 号

ZANG DI SHI PIAN

藏地诗篇

张子选　著

出 品 人　冯　静
策划出品　好读文化
责任编辑　王梓画　叶　驰
产品经理　罗　元　牛　雪
装帧设计　所以设计馆
责任校对　段　敏

出版发行　四川文艺出版社（成都市锦江区三色路 238 号）
网　　址　www.scwys.com
电　　话　028-86361781（编辑部）

印　　刷　嘉业印刷（天津）有限公司
成品尺寸　128mm×203mm　　　开　本　32 开
印　　张　16　　　　　　　　　字　数　303 千
版　　次　2021 年 2 月第一版　　印　次　2025 年 4 月第七次印刷
书　　号　ISBN 978-7-5411-5883-4
定　　价　68.00 元